中国当代文学名家精品集

# 聆 听 寂 静

韩青辰　著

成都地图出版社
CHENGDU DITU CHUBANSHE

图书在版编目（CIP）数据

聆听寂静 / 韩青辰著 . -- 成都 : 成都地图出版社
有限公司 , 2025. 6. -- ( 中国当代文学名家精品集 ).
ISBN 978-7-5557-2822-1

Ⅰ. I267

中国国家版本馆 CIP 数据核字第 2025K5H579 号

中国当代文学名家精品集：聆听寂静

ZHONGGUO DANGDAI WENXUE MINGJIA JINGPIN JI: LINGTING JIJING

著　　者：韩青辰
责任编辑：陈　红
封面设计：李　超

出版发行：成都地图出版社有限公司
地　　址：四川省成都市龙泉驿区建设路 2 号
邮政编码：610100

印　　刷：三河市人民印务有限公司
（如发现印装质量问题，影响阅读，请与印刷厂商联系调换）

开　　本：710mm×1000mm　1/16
印　　张：13　　　　　　字　　数：200 千字
版　　次：2025 年 6 月第 1 版
印　　次：2025 年 6 月第 1 次印刷
书　　号：ISBN 978-7-5557-2822-1

定　　价：68.00 元

# 出版说明

2023 年春，教育部等八部门印发《全国青少年学生读书行动实施方案》。随后，122 家国家语言文字推广基地共同发出"典耀中华"主题读书行动倡议。一些具有文化情怀的出版社和文化公司，立即响应，策划各种适合青少年阅读的图书，《中国当代文学名家精品集》书系应运而生。

《中国当代文学名家精品集》书系由北京世图文轩文化发展有限公司（下称"世图文轩"）策划，由成都地图出版社出版。我非常荣幸地受邀担任主编。

世图文轩成立于 2010 年，系北京市内乃至全国较有影响力的图书发行公司之一，曾获得"重合同守信用企业""诚信经营示范单位"等荣誉称号。长期以来，世图文轩和众多出版社就优质图书出版进行合作，获得了合作伙伴的一致好评。在"典耀中华"主题读书行动中，他们敏锐地抓住机遇，迅速策划主要以初、高中生为读者对象的大型书系选题，显现出他们的眼光、魄力与胸怀，以及对于文化市场的拓展理想。我相信，这样一家致力于图书策划、出版的公司，其品牌信誉是毋庸置疑的。

为成长中的青少年读者集中呈现名家优秀作品，是一件虽然困难，却功在当代、利在未来的大好事，我能参与其中，与有荣焉。我必须以一种高度的使命感、责任感以及担当精神来做好这个书系，成就这件大好事。

令人特别感动的是，刚开始组稿时，刘成章、王宗仁、陈慧瑛、韩小蕙、王剑冰、李青松、沈念等老师就对这个书系表现出极大的支持和信任，并在第一时间提供了书稿以示鼓励。很快，几乎所有得知此书系的作家都认为这是在为作家、为"典耀中华"主题读书行动做一件好事、大事。由此，我和我的临时编辑室成员获得了极大的信心，热情也更加高涨，此后连续十个月，我们整个身心都扑在了这件事上。

一个人只要用心做事，人们是会感受到的，也会默默地予以支持。事实上也是如此。随着组稿工作的开展，我们和作家们的沟通日益频繁，我们发现，他们除了都表现出对这个书系的兴趣与认可，对当代散文创作的发展、繁荣的前景，还有一种共同的期待与信心。这对我们无疑是一种更为巨大的鼓舞与动力。

组稿虽然也费了不少周折，但总体上比想象中顺利得多。当然，非常遗憾的是，一部分作者由于手头书稿版权等原因，未能加盟到这个书系。

组稿只是我们工作的一部分，更为具体、更为烦琐的，是审稿事务，它出乎意料的繁重，也占据了我们比预想的多得多的时间和精力。偶尔，我们也有点儿想放弃了，但是，想着这是一件功德无量的事，又兀自笑笑，继续埋头苦干。在这个过程中，感谢师友们对我们工作的配合、理解、支持与信任。

静下心来，切实感受审读、编辑工作的价值和意义。

书系里，名家荟萃，佳作如林。有的，曾代表过一种新的创作范式；有的，曾开启过一种创作方向；有的，对某一题材开掘出更深更独特的思想；有的，有引领某类题材与风格的新面貌；等等。毫不夸张地说，散文多角度多样式的表达，在这个书系里应有尽有，全景式、全方位地呈现出中国散文几十年的创作成果，是当代散文创作的一个缩影。

总体上，无论是题材、创作方法，还是思想容量，此书系都呈现了散文广阔的视野，让我们感受到散文天地的无垠无际。

具体来说，以下几个特点特别明显：

一、作者队伍可谓老中青完美结合。入选作者的年龄跨度最大达半个多世纪，上有鲐背之年的高龄名将，他们文学生命之树长青，宝刀不老，象征着老一辈散文家依然苍翠的文学生命力；最年轻的三十出头，他们雏凤声高，彰显散文创作的新生力量蓬勃兴旺的景象；一大批中壮年作家，是当代散文创作领域里当之无愧的中坚基石，他们的创作正处于繁花似锦的鼎盛时期，实力毕现。

二、题材多元多样，内容丰富多彩。书系中，既有涉及上下五千年历史的洒脱智慧的历史文化散文，又有让人惊艳的初次涉猎的新颖、独特题材。有人写亲情，有人写风景。有些人写自己的童年，让我们看到其成长时代；有些人写一个城市或一条河流的前世今生；有些人写自己对故乡的记忆，从更有新意的视角表现这个时代的巨变；有些人集中了自己几十年的写作精品，让我们看到他们的创作道路上的足迹；有些人专注于一个主题，开掘深挖，独具魅力；有些人关注时代、关注身边的人和事；有些人剖析自己的内心情感……总之，反映中华传统文化、红色文化和当代自然文学精粹的作品，在此书系里比比皆是，或温暖动人，或鼓舞人心。

三、风格百花齐放，个性特点鲜明。几十部作品，有的侧重写实，有的侧重抒情，有的注重开掘思想，有的追求内容唯美，有的描写细致入微，有的叙述天马行空……表现方式千姿百态。但无论哪种风格，无论如何表达，皆个性鲜明，情感饱满，呈现出思想性、艺术性、可读性兼备的特质，读者可以从中获得不同程度的启发，感受到散文的魅力。

四、女性作者跳出了人们对"女性散文"固有的观念。书系中占有一定比例的女性作者，她们的作品虽然仍保留细腻敏感的特色，但大都呈现出大气开阔、通透有力的格局。她们温柔而现代的行文表达，对读者来说有着更为别致的情感体验和人生借鉴意义。

总之，这个书系，将是我们打造阅读品牌的开端。如果你愿意静下心来阅读，你一定会有所收获。

习近平总书记在文艺工作座谈会上讲话时指出："优秀文艺作品反映着一个国家、一个民族的文化创造能力和水平。吸引、引导、启迪人们必须有好的作品，推动中华文化走出去也必须有好的作品。"我们希望，这个书系能成为读者眼里"正能量、有感染力，能够温润心灵、启迪心智，传得开、留得下，为人民群众所喜爱"的"优秀作品"。

在此，特别感谢沈俊峰、陈晨两位搭档的通力协作，我的编辑朋友梁芳、胡玉枝的倾力相助，以及世图文轩、成都地图出版社上上下下推进此书系出版的所有领导与师友的大力支持和耐心细致的工作。他们让我感受到了团队的力量。同时，也特别感谢出版方将我和我的搭档的作品纳入此书系，我们把此举视为对我们的"嘉奖"。

上述文字，不敢称"序"，不敢称"前言"，甚至不敢称"出版说明"，仅表达此书系的缘起和一些组稿、审读的感受，也许过于肤浅，还望广大作者、读者海涵。

《中国当代文学名家精品集》主编

# 目录

## 辑三　天使在歌唱

辑一 聆听寂静

把每一天都当成上天的馈赠与奖赏，懂得自由呼吸本身就是幸福。将邪恶从心思意念中驱除干净，每一刻从心底涌出来的都是感激与爱。

# 聆听寂静

　　独自走进郊外的南山，空调、汽车引擎、流行歌曲和嘈杂的市声渐渐远去，心突然就空旷起来，仿佛能装得下整个山林。

　　山林只是山林，没有其他人迹。

　　钻进耳朵的是小鸟的啁啾，那啁啾是不安的、惊喜的，叽叽喳喳对你的到来表示欢迎似的。等到这啁啾也消停，世界只剩下寂静。

　　山林静穆得像雕塑，那石头的雕塑像地上长出来的山林。这时候明净的内心活生生地感动起来，感动像哗哗的水流在心间流淌。忽然觉得寂静也是有声音的，寂静的声音还无比宏大。

　　一声鹳雀的啼叫让山林再次幽深下去。你会生出敬畏，去细想这幽幽林间藏着多少生命，它们有着怎样的欢腾，可也有过争竞、掠夺。

　　那娇小的鸟儿滴溜溜地停在细柔的一根柳枝上，单纯地叫唤着，你的心慢慢又恢复了欣喜和轻盈。感谢这争竞的世间，依然有这样如歌如画的境界。

　　山脚的小河绿波无痕，一座人工的雕花栏杆桥横跨水面，拱桥弯弯，倒映水中，合起来像微笑的一张嘴，在天地间形成一个圆。

　　圆总是安慰人的，看着也诗意顿生，会默默点数：水上一张，水下一张，还有一张在心里。

　　扑通一声，一条筷子长的橘红色鲤鱼蜷曲着脊跃出水面，恰巧蹦在水下的桥上，如鲤鱼跳龙门。

"哎呀！"忍不住惊叫出声。

水面激荡，等漾起的圆圈渐渐平息你才会相信。真的，真的有一条鲤鱼跳出了水面，在你的眼皮底下舞蹈了一番，撩拨了你。

鱼跳起来究竟说了什么呢，还是藏身水底偷偷观察我的反应。

苍翠的山腰探出一树白梅，犹如画龙点睛，给了山林灵气。

山不在高，有仙则名。闻说当年刘勰就是在这山间写就《文心雕龙》。放眼望山，想象着刘勰苦行僧样的身影，他是全身心归于冥静，才在史料间堆叠出一部山体样的古迹，其砑匋之声经久不息：

"言之文也，天地之心哉！"

"文之为德也大矣……"

枝头忽地飞起一只长尾巴喜鹊。我的目光好像惊着了它，它扑腾着飞起，停到更高的枝头。过一会儿再飞，再栖再飞。越飞越高，最后直插云霄。

真不知这吉祥的鸟儿是何方精灵，是否捎来刘勰先生的口信。

水面如镜，可心头却有热腾腾的一片喧哗，像得到安抚，满足安详。大自然如此美妙，山水的人间才是真正的人间，山林的深处才是思想的深处。

庄子和惠子就是在这样的池畔对问——"子非鱼，安知鱼之乐？""子非我，安知我不知鱼之乐？"

老子就是在这样的山林悟出"大音希声"？

还有那浪漫的陶渊明，他采菊东篱下，悠然所见的"南山"可否是此南山？

一路走，一路寻思，心间活水汹涌，龙腾鱼跃。而山林依然是山林，它寂静的样子，幽冥神秘，不无俏皮。

# 陌　　路

## 一

　　我每天从他面前走过，上班下班，上班下班。每次我都用心看他，我这样看着他已经十多年了。

　　他爱穿雨衣，晴天敞着，风衣一样。雨天他戴上帽子，系上扣子。他的背总是弓着。他弓着坐在菜摊旁，弓着起来给我们称菜，脖子直不了，他只能抬起眼睛跟我们说："一斤二两，六毛。"

　　靠近了，能听见他喉咙里像开了许多火车，喘息让他嘴巴和鼻孔大张着，脸也喘得肿了，红红的、亮亮的。他的双腿仿佛承受不了那些火车，一味的粗硕，脚背肿得从鞋子里满出来。多数时候，他不穿鞋子，光着脚，像猿人。

　　他给人苟延残喘的感觉。可这么多年下来，多少变迁，他仍好端端地坐在老槐树下卖菜。

　　他的顾客不多，大概嫌他病，另外也嫌他慢。都市人谁不忙呢？

　　这个冷清的菜摊子四季都在，风雨无阻。天气恶劣的时候，其他菜摊都收了，唯独他还在。他坐得太久了，加上冷清，常常趴在大腿上睡过去。

　　后来他捡到一把躺椅，变了形歪向左。夏日午后，他光着脊背缩在躺椅上，脸歪向左睡着了，让人想起摇篮里熟睡的婴儿。老槐树给他撑出阴凉，巷子里的人和车闹不醒他，连巷子里的狗也不打岔，伙伴样蜷在他脚边。

　　除了张着嘴巴喘息外，他没有什么表情，也没有什么奢望。周遭的气氛影响不了他，朝朝暮暮，他守着那堆青菜萝卜，仿佛身后那株老槐。

　　要是看不下去，故意去买他一捆青菜。眼见着来了生意，他也不激动，慢悠悠地起来，拿秤，算出价钱。假如你没耐心等他慢悠悠地找零，对他喊："不用找了。"他也不会收手，像没听到一样，费力地去扒拉零钱，按规矩给你。实在不行，就再补把菜秧。总之，他不会白要你一分钱。

　　那是一个微凉的秋天，他在槐树下睡着了，几张报纸凌乱地捂在胸前，嘴巴大张着，头依然歪向左。风把那些报纸吹得哗啦啦的。我不由得提起脚跟，不让皮鞋闹出动静。

　　他深沉地睡着，满足又安详。

　　听说他是个流浪汉，被人收留在这里，没见他有什么亲人，也没见他有朋友，可也没见他凄凉。喜怒哀乐统统从他那里退潮而去，我真不知道他宁静的心里还泊着什么。

　　我一天天望着他，他日渐成了我的一份惦念。而他望着我，只是隔世般的陌生与清凉。

## 二

　　她沿着马路号啕大哭的时候，嘴里发狠地嚷叫着什么，咧开的嘴、深皱的眉和扭曲的脸，包括头顶颤抖的白发，争相在诉说一种痛苦。所有人都知道她的天塌下来了，世界支离破碎。她哭着骂着，绿头巾从肩上滑落都不管。我给她递纸上去的时候，她看也没看我，抢一样接过去擦鼻涕。

她起码该六十了吧。矮矮的，小小的，背影只有拳头那么高。她一直在路沿卖韭菜合子，五毛一个。生意不好也不坏，馋的都是学生娃。

她哭过以后消失了大概半年。

再次相遇，她还是在那条上下班的巷子里推着油锅做韭菜合子。巷子口空了间铁皮房，曾住过一对烧饼夫妇，现在她成了主人。巴掌大的地方放了钢丝床，一个煤球炉子，一个大木盆。木盆里总泡着韭菜，这条巷子从此散发着浓烈的韭菜香。

不知她飘零到这里与那场哭泣有没有关系，总之她恢复了神气。每天很早起来，站在巷子口认真地刷牙。从老远的地方拎水过来，洗脸洗衣服泡韭菜。房子旁边站着两株松树，她在它们之间拉了根绳子，把洗的衣服晾在上面。有一回我还看见她在绳子上晾着吃剩的面条和几棵咸菜。

黄昏，附近的学校放学，巷子里到处是饥饿的孩子。她会被团团围住，韭菜合子炸了跟不上卖。油锅里的油烟熏得她直淌眼泪，她乐呵呵地顾不上擦。直到天黑，街灯亮了，她才歇手。

日子渐渐像样起来。

天才冷，她就给自己铺了条红毛毯。白头发梳得一丝不苟，不再随风乱舞。她还给自己添置了簇新的白围裙、白袖套。过冬那天，她给自己正经八百地做了盆红烧鱼。

等到夏天，她的铁皮房子来了亲戚。她显然激动，面色微红，系着围裙在炉子上炒了好几盘菜。没桌子，她把大木盆反扣着朝下，铺上围裙，摆上碗筷，团团围坐，其乐融融。

我一天一天看着她的日子，时而为她高兴，时而为她心酸。对她感情深了之后，便给她设计出个孙子，把她编进我的小说。可她浑然不知，她不知道她已经像一株灵草，生根在我心上。

那回我在菜场碰见她，她提着一大包韭菜正吃力地上楼。我紧跟上去，悄悄帮她托一把。她回头朝我笑了一回，没牙的嘴对我含糊地说谢谢。那脸似乎羞涩了，微微发红。

我在她的羞涩面前什么也说不出来，只是抿嘴笑。

# 三

这个冬天，我在巷子里总遇见一个人，不止一次，我们擦肩而过。每次我都会在心里惊讶：这是谁呢？这么眼熟。一定，一定在什么时候我们见过。

他七十开外的样子，腰背挺直，头发花白，脸庞黑瘦，颧骨高耸，嘴角却顽皮十足地上翘。既有孩子似的淘气，又有玩世不恭的嬉皮。

最有意思的是他的眼睛，不大，很亮，让人想起乡村黑夜里如豆的油灯。那样的眼睛让人确信它们是活水里无拘无束的鱼，从来都是。这双眼睛和嘴搭配出特别的喜剧色彩，他从我身边走过的时候，我的心情不自觉地跟着一串明亮和松快。

我又一次绞尽脑汁地想：这是谁呀？！

隆冬的时候，他再次与我擦肩而过，这回记忆的黑库里突然哗地像擦亮了火柴，我忍不住在心里尖叫："是他！"八年前我住在清凉山下，他住在大院门口的垃圾堆上——我写过他，把他变成流浪爷爷。

当年他在垃圾堆上，用捡来的木头和铁皮横七竖八地钉了间小屋，桌椅家具、锅碗瓢盆、吃穿全是淘来品。

他总是有着奇异的打扮，比如穿件掉了扣子的军大衣，腰间却扎一根银光闪闪的女士皮带，头戴大红的儿童绒线帽。他喜滋滋地那样打扮着，活像是他的创意。

他的屋外堆着来历不明又杂乱无章的垃圾，四季发出不洁的味道，自然他身上也带了那样的气味。

院子里的人不喜欢他，看见他就像看见苍蝇老鼠。他却快活异常，脸上总是带着俏皮的笑——自说自话的。他津津有味地吃着那些垃圾食品，捡到一个塑料盒，他就用塑料盒吃饭；捡到一口压扁的铁锅，他就端着压扁的铁锅吃。离谱的是，他穿着"垃圾秀"一样的衣服走在人群中，总是得意扬扬，分外喜庆。

他从不介意白眼和冷脸，他的眼前仿佛永远呈现着另外一个世界，那个世界里接连不断地上演喜剧，他耽于其中，现实世界倒像是个笑话。

春节，家家户户贴福字和对联。他也不甘寂寞，在小屋门前闹哄哄挂了一排大红灯笼。那些灯笼自然也是垃圾堆里淘来的。有的破了洞，有的掉了字，有的褪了色。但那排喧闹足以让他的垃圾小屋出色了。但凡人们经过，都要冲那儿多看两眼。他呢，稀奇古怪地站在灯笼后面，俨然一个垃圾国王。

这回我终于能认出他，就因为他腰间扎了一道塑料绳。不过，他看上去不同从前了。他的头发干干净净，身上衣服也算是衣服，塑料绳扎的那件黑棉袄扣子好好的，是件不错的棉袄。

也许他还在捡垃圾，不过没关系，他总算还像国王一样快活着。世上许多国王也不一定有他快活呢。

我欣欣然追上去，默然相跟。他嬉笑着看四周，我知道他不认识我，我们只是陌路。

# 夜寻阿炳

　　车过无锡黄昏街头，于现代化楼群中突然现出细木格子雕花窗，那样的精致透出古色古香的味道，心一下子激动起来。一问才知道那是锡惠公园。

　　"阿炳在吗？"

　　"应该在。"

　　公园早已关门，但为了《二泉映月》的华彦钧，车颠簸着往里去。路灯朦胧，夜雾缭绕。惠山不高，但郁郁葱葱，古木参天，三月的杜鹃、芍药，紫的、粉的、黄的，花香满径。

　　走到公园尽头又倒车回来，曲径反复，最后于浓黑中找到华彦钧墓。浓浓的黑夜中，我终于见到了想念的阿炳，中国的民间艺术家我最爱他，因为他的不幸，因为他的才华。

　　《二泉映月》是艺术的经典，那是厄运、苦难与不屈的果实，那么苦又那么香。它的旋律像最细的绣花针，那种直刺心肺的灵巧与轻松，宛如不是从阿炳伤痕累累的二胡，而是从我们自己愁苦万端的心中自然而然流出的一样。

　　有一首唱阿炳的歌，叫《二泉吟》——

　　　　梦悠悠，魂悠悠，失眠的双眼把暗夜看透；情悠悠，爱悠悠，无语的泪花把光明寻求……太湖的水，是你人生一杯壮行的酒；二泉的月，是你命中一曲不沉的舟。

唱唱念念都是阿炳。

阿炳永远是亲的，不因为他早已作古，不因为他只是一尊铜雕。我握他冰凉的手依然周身激荡。

借着夜灯读墓碑上的字，庆幸这个寂静、朴素的小院落属于阿炳。

音阶形状的碑墙，空旷的音乐场，主角是手抱二胡的阿炳，破衣烂衫的阿炳，仙风道骨的阿炳，登峰造极的阿炳。他和凡·高一样，活着时穷困潦倒，作古辉煌绚烂。

是夜二泉无月，那么的黑、静、凉，阿炳之外只是苍翠的山坡。可是我分明听到丝绸般的音乐，看到泉底的月亮。

我相信黑暗与光明、痛苦与甜蜜、绝望与希望从来都是孪生姐妹，阿炳于漆黑中演奏的光明与华美，永恒如日如月，而且越黑越明，越苦越甜。

我庆幸于浓黑中来看阿炳，黑暗夺去了我大部分视力，我们直接用心相望。看望心灵的密友就该是这样，最好是这样。

# 失 窃 记

爱人送我一个钱包，深红色的，有很多口袋。我很喜欢，把所有卡都插里面。百元大钞平平整整夹进去，拿出来的时候像熨斗熨过，真过瘾、阔派。

最后一次拿它，是在取款机前，两千多块，排得整整齐齐放进去。外面雪花纷飞，路上行人不多。因为下雪，车和行人都格外小心。沿路不时出现各种雪人。

饭店门口的雪人最高，西红柿嘴巴，绿辣椒鼻子，荸荠眼睛，胡萝卜片的大衣纽扣。商场门口的雪人肚子上插满红旗，旗上龙飞凤舞地写着"欢迎光临"。

世界因为雪人而俏皮起来，也纯洁起来。

我一步一滑去给婆婆买过年的新衣服。

婆婆认真地阻拦过我："今年什么都不要，去年买的还没穿呢！"婆婆这么体贴和知心，我越发要给她买漂亮的新衣服。

我把婆婆的款型记在手机上，180－99A。

中老年服装店里顾客三三两两，我梭巡大厅，来回将衣服进行比较。手上拎着袋子，随身斜挎着小包，是那种防盗防抢的贴身小包。

外套选好，拿出钱包，刚准备买单，售货员问我买不买裤子，当然要买，对，两件一起买。

我被她拽过去，那是一个和婆婆年纪差不多的老阿姨，胖胖的、说话办事很实在的样子。她说婆婆既然和她差不多大，就该选什么，边说边一件件拿上身比画。

这中间手机响了，接过电话，选好裤子，准备买单，发现包空了，大钱包鼓鼓囊囊很占地方的。

我心里一惊，不可能吧，钱包不见了。翻找，回头查看，那么大的钱包不可能掉地上，不可能拿出来摆在什么地方。我没随便摆东西的习惯，它是在包里不见的，拉链口开着。记得接电话的时候，身边有人走过。

一定是遇到小偷了。

天哪，这事怎么会让我遇上，我的警官证还在包里。

另外，我向来小心谨慎。不过今天，我不算。包口开着我怎么不知道，我太大意了，几乎没有任何戒备。这家店我那么熟，感觉是那么温暖和美好，另外我的注意力一直在衣服上，我就是疏忽了。

店员很着急，一起上来帮我查找分析，纷纷出主意。

某一瞬间我也怀疑是不是他们中间有人拿了我的钱包，不过，很快我就打消了这念头。看他们那么真诚和热情，我不忍心对这一切产生怀疑。

一定是有那么一个人，趁我专心选衣服、接电话，拿走了我的钱包。

东西买不成了，心情也很灰凉，纷纷的大雪似乎落在我心上。偷窃真是可恶至极。

我留心了店外的地面，雪地上没有我的钱包。在确定它丢了之后，我揪心的不是那些钞票，而是跟随我多年的卡，还有一张三口之家的全家福。

天哪，可恶的偷儿到底会将我们的照片怎么处理呢？我多希望他拿了我的钱，把钱包扔在附近。

我沿路回忆那些卡，美容的、理发的、超市的、饭店的、咖啡馆的、茶社的、邮局的、书店的、服装店的、电话卡——那是我在这个城市生活的轨迹大全。

特别是那张珍贵的全家福。

也许偷儿真是个穷鬼，钱拿去也算扶贫，也许是他家里有病人，真的遇上了急难，帮人家度过一段危机也不懊恼，就怕让那良心坏的将我的血汗钱用去为非作歹。

偷儿到底是个什么样的人呢，算算日子，腊月二十，再过三天就送灶了。人人都在忙着辞旧迎新，他怎么还钻营偷盗。

他一定是个落魄的人，不是生活落魄，就是灵魂落魄了。

远远近近的商店都在唱"财神到"，迎新的大红灯笼披了雪半红半白，像撒了白糖的冰糖葫芦。这世界果真每个人都遇到财神，就不会有这样的"劫"难了。

都怪自己太爱这个钱包，竟将所有细软都藏进去，还放了那么多现金。看来世上最可怕的事就是失去警惕和戒备，人一旦被迷惑多么可怕。这样一想被偷似乎是早晚的事，也不一定是在雪白干净的年根。

回家埋头在电脑上写日记，写到这里手机响了。自从失窃，每次手机响我都期望是人家送钱包来了。

这次居然是真的。

电话是一个民警打来的，他说一个群众捡到了我的钱包，送到了省政府，让我尽快去接待室找余警官。

一位捡垃圾的老大爷，姓梁，孤身在南京捡垃圾，捡到了我的钱包，他坚持送到省政府办公室。

多亏了那张珍贵的全家福，我们穿着制服，制服上的警号说明了我的工作单位，而那些贵宾卡上有我的名字，警察几个电话就找到了我。

我和先生欣欣然跑去拿钱包，一个劲地道谢，先生发香烟。梁大爷穿得很厚实，四方脸端正慈祥，脚边放了一个黑旅行包，鼓鼓囊囊的，是他今天捡的塑料瓶子——他靠这些瓶子换钱为生。

他袖着手安静地等着我们来认领。他一定要亲眼见到失主，生怕不能物归原主。

先生掏出身上仅有的150元，梁大爷不要，我们不好意思，以为嫌少，结果他急了，从内衣里掏出一张8000块钱的存款单："我捡垃圾有钱，前天我还寄了4000块回老家，我一个人生活有得用。"

看我们坚持，最后他拿了50块，说："我就拿这么多。"说完推门出去，消失在茫茫大雪中。

事情转眼成了温暖而动人的喜剧。

我们已经忘记那偷儿将所有的钱和优惠券窃走的不幸，甚至觉得在这个雪花纷飞、天寒地冻的日子，相遇一个金子一样心灵的老人是上天赐予的礼物。

梁大爷说钱包塞在西康路的一个垃圾箱里，当时路过的一个老太太向他索："红钱包，是女人用的，你一个老头子拿去做什么。"

他没肯，觉得里面有那么多卡一定非常重要。

我不禁想起清晨跟女儿说的那席话，当时我们趴在阳台上看雪。

"你知道为什么雪天总让人感觉世界非常美吗？"

"因为雪那么洁白，它衬托了世间所有的颜色，白的更白，红的更红，绿的更绿，黑的更黑……"

# 百 合 菊

去鲁院的第一天，买了许多生活用品，满满当当拎了两手，还买了一盆百合菊。三瓣椭圆形坚挺肥厚的绿叶，养在酒盅大的玻璃杯里，根部有一团浅绿色的营养泥。

"你甭管它，天天换水就成！"北京姑娘那口京腔说什么都显得很诚恳。

"多少钱？"

"五块！"

她一定想不到，这棵百合菊陪我读完鲁院，跟我辗转回到南京，一路汽车火车。

转眼四年，它还长在原配的酒盅样的玻璃杯里，长在我们家的阳台上。从三瓣长到九瓣，一瓣一瓣地长，一瓣一瓣地落。新生的叶子只有米粒大，慢慢地抽出来。大凡生叶子前，百合菊就要鲜旺几分，碧绿碧绿的，叶子和身躯都丰满起来，让人想起那些丰满的准妈妈。估计一切生命的诞生，路径都差不多。

百合菊每次生出新叶子，我就会喊女儿和先生来看。我们惊叹它的生命力。不紧不慢的，总是在我们对它疏忽得接近忘却的当儿，它又一次推陈出新，唤起我们的疼爱和敬意。

我还会给鲁院的姐妹们报告："百合菊又长了一片叶子——第九

片了。"

她们还会想起来："就是你养在 301 窗台上的？"

阳台上放了洗衣机和水池，百合菊一直养在水池台上。周末我在水池上洗洗刷刷，翻晒衣物，看见花杯结垢了，就把它倒空了，拿钢丝球洗。当年的营养泥早就腐烂变质，被我连同枯根须一起当垃圾处理了。

就像给孩子洗澡一样，每次洗好了，看着它周身清清爽爽养在水里，仿佛能听见它舒服的叹息。

我想我们之间是有感情的。尽管我不是天天想着它、伺候它，但我每一次与它亲近，都毫无二致的深情。当我的手指抚摸过它，轻轻为它搓洗，我简直不能想象这世界上哪一天会没有了它。

去年冬天，阳台上很冷，百合菊大概是冻伤了，感染了病毒，周身黄透了，一直黄到根茎。叶子轻轻一碰，就落了。凑近了闻，一股腐烂的臭味。

难道它真的要离开我了吗？我一手拎着它，一手端着杯子，眼看就要往垃圾桶里扔了，可是转念一想，我为什么不能救救它呢？死马当活马医。

我铺开报纸，拿来剪刀，吩咐女儿帮我洗净花杯，接着开始给百合菊做手术。

剪掉根部腐烂的一团，看看还有坏死的组织，再往上剪，直到根部露出青色，生命的颜色。

衰落的叶子剥去，既然衰败了，长在身上也是负担。就这样，百合菊做完手术后，只剩下指头长的光秃秃的一根，我抚摸着它，跟它絮语，指望它活下去。

我把它放回水杯里的时候，也想过该不该去买些花草所需的营养泥，要不要上网查查怎么医治它。

只是一个忙字就把这些念头挤压到了无形，心心念念的，我只是凝望过它几回，给它换过水。

真没想到它居然熬过了冬天，有一日，我闲下来，发现它转青了，头顶拱出了米粒大的叶芽。天哪，那瞬间我不是感动，而是震撼，我望了它好一会儿，细细地把它拿到水龙头下，轻轻地给它淋浴。

我感谢生活，感谢百合菊，它让我明白生命本身的张力，我敬佩这种力量。

如今百合菊已经长出第三瓣新叶子了。至此，亲爱的百合菊已经复活了十二次。我凝视它的时候，总是别样感动。

听说世界一切的生物——不仅仅人，都是有血有肉有情有义的，生命就是多情的："万物有灵且美。"我相信更多的时候是它在凝视我，它体会我的忙碌、哀叹、愁苦、希望、追求……

百合菊让我铭记鲁院——看见它就恍如回到了鲁院301室，回到了激情澎湃的日子，回到了师长和同学之中。

百合菊其实也蕴含了大自然所有的秘密和真谛，让我又一次见证：生命的营养，就是我们心底的深情与真爱。

# 轻　　轻

去绵竹是 2011 年 4 月的最后一天。

2008 年"5·12"震灾后，南京大学 91 级中文班和绵竹中学高一 (4) 班结为芝兰。转眼三年，同学们即将高考，我和四川籍的周敏代表全班去探望。

那是父亲祭日，我缺席了。但在心底我仍是奔着父亲去的，父亲最爱莘莘学子。

小樊是个皮肤白皙、大眼睛的成都小伙，他多次接送我们班的同学往来于成都机场与绵竹中学之间。下午一点在镇上吃了水煮鱼，高三 (4) 班下午考试。周敏建议去汉旺镇转转。

小樊补充说，就是震后始终停留在 14 点 28 分的大钟那里。我马上想起新闻里的种种镜头。

## 一

田野一片葱茏，沿途小楼白墙黑瓦。绵竹是年画之乡，墙上画着大头鱼娃娃、阿福宝宝等吉祥喜庆的图画，给人一派宁静、安详的气息。好像大地震真的已经远去，人们恢复了安逸。只是灯箱上"飞翔绵竹，感恩永远"仍在暗示着什么。

大钟果然永远停在那一刻，它一动不动孤立在灰蒙蒙的旷野上，散发着浓浓的哀伤气息，如同墓碑一样。

我和周敏下车，小樊在车上休息。

大钟脚下是汉旺镇东汽厂区，作为当年的重灾区之一，如今与北川县城、汶川县映秀镇、都江堰市虹口乡深溪沟一起成为国家级地震遗址，被保护起来。

大门正在维修，湿漉漉的地上堆着水泥黄沙。保安拦住去路，周敏指指我说："她专门从江苏来。"

绵竹是江苏的援建地，一听"江苏"两个字，中年保安黑红的脸上有了通融的神气。看他那身熟悉的深藏青保安服，我追上一句："我是警察。"递上警官证，他认真地看，一点头，我和周敏就跨过工地，往院子深处走去。

## 二

太阳不知去向，天空阴沉沉的。

一条笔直的水泥大道领着我们，右边的小河潺潺地流着，岸上一排亭亭的杨柳，柳枝下面立着牌子：顺河中路。

这条顾自吟唱的小河该叫顺河了。仁慈的造物主缘何起这样的名字，难道先知先觉预测了今天的不顺。

两岸林立着废楼与废墟，残缺、坍塌、扭曲、变异，一时间，危难与不幸、毁灭与死亡特有的幽冥、险恶、悲怆的气氛兜头覆来。

左边是商业街，屋顶全部掀翻，露出断胳膊缺腿的家什，四壁斑驳，墙上有粗大的裂口与黑洞。门窗破碎，地上堆积着废砖乱石碎玻璃。

间或幸存的几块门楣，像"韩二姐老号肥肠店"、金店、花店、酒店……仍在叙说当年的热闹与繁华。

"绵香贡酒业"五个黑字以繁体写在大红灯笼上。其中三个蒙了污尘挂在廊下；一个撕了大口子，像在号啕；另外两个干脆滚到瓦砾间，呈枯死状。

横七竖八倒塌的桌椅，戳进墙体的楼板，扯烂的铁栅栏，洞眼、裂痕、断口，满目疮痍，处处惊心。这是大地上的不加华盖与修饰的墓场，是天灾的罪恶馆与不幸的众生相。

可以想象那双邪恶之手的癫狂与无情，那些正在走正在说正在美正在笑的无辜生命，如今不知去向。

垂柳依旧青青，乌黑的顺河时而激越，时而凝噎，像在吟唱一首哀曲。间或跳出的石拱桥残废变形。桥对岸是一幢幢七八层高的民居，原为东汽家属楼。

门不再是门，窗不再是窗，只是黑洞连着黑洞，坍塌连着坍塌，乱石堆连着乱石堆。

在这花红柳绿的春天，两岸似乎在争相控诉天灾的恐怖与罪恶，争相为这片土地上曾有的安宁、幸福叫屈。

突然，两幢危楼中间沦陷下去一列，楼板和砖石"Z"形扭曲，从七楼垮塌到底。

路边特立了告示牌，上面写道：

　　2008 年 5 月 14 日，贵州消防官兵经过搜救犬搜救，生命探测仪探测，发现废墟下有生命。他们面对摇摇欲坠的危楼和连续不断的余震，32 名官兵徒手清理废墟 12 小时，成功救出被埋 55 小时、本次大地震中年龄最小的幸存者——1 岁小女孩沈天琦和 59 岁的外婆江一俊。当时新华社记者拍下了这一珍贵的镜头。

耳畔响起天塌地陷的轰鸣，夹杂着尖叫、嚎呼、哭喊，还有各种各样急救的步伐。

马兵是江苏救援队的先锋，出发前他犹豫再三，没给父母打电话。

救援队顶着余震往山里挺进的时候，难民们一再上来劝阻："还进去干什么，堰塞湖马上就要决堤了！"

说话间地动山摇，巨大的石块轰隆隆滚下来砸烂路面。

等他钻进废墟营救那位被困 70 个小时的男孩时，余震再次强烈。他很后悔没给父母打电话。碎石乒乒乓乓砸在脑袋上，他闭上眼睛对自己说，死就死，不是还有哥哥吗。

他毅然解下头盔，扣到男孩头上，自己多处擦伤。

马兵一口气救出 17 条生命。英雄归来遇到爱情。新婚燕尔的他却苦笑着对我直摇头："天灾太可怕，太残酷，我怎么也忘不了。"

## 三

周敏第二次来，她远远走在我前面，给我一个专注与凝重的背影。我匆匆追上去，渐渐竟不忍落脚。

远处青幽幽的是龙门山。

汉旺古镇依龙山作枕，据绵水为襟。山川秀丽，鸟语花香，物华天宝，人杰地灵。因东汉光武帝刘秀曾流寓于此而名。这座美丽的工业重镇，高楼林立，物阜民安，经济繁荣，人际和谐，既有古时汉风光武的内涵，又有今日亮丽都市的辉煌。

家属楼与商业街隔河相望，可以想象夜晚人们穿过带栏杆的石桥，在应有尽有的小街上溜达消磨，何等沉醉，何等悠然。

残楼上露出一截欧式落地窗帘，那拂动的流苏和半圆形的帷幔诉说着往昔的情调与雍容。它在风中丝丝缕缕摇曳，像不肯归去的幽灵，等待昔日重来。

市中心的店名越发精致、讲究。漂亮宝贝、琴美人、雅阁屋、美甲、流行元素、亲亲婚纱影楼、美中德茶楼、赖妹毛线行、绵竹市归国华侨联合会——欢腾联通世界。

店名一律坚持繁复的古体,笔迹飘逸风流,字里行间叙说着典雅。在现代化与奔小康的路上,汉旺迈着中国小镇特有的步伐,有声有色,有滋有味。

"雅阁屋"店面完好,二八佳人的大幅头像俏立其上。但见"她"白皙细致,面如满月,天真带点喜气,像民间办喜事人家点了大红的白馒头,活脱脱的一个"琴美人"。如今人去楼空,却留下美照苦守废墟,笑看作弄。

或倒或断或歪或裂的墙上,一扇扇窗户空寂着,像一双双望穿秋水的眼睛。那些曾经承载甜蜜温馨的小户人家安逸与满足的窗户啊,它们从各个角度空空地望过来,像在等待什么,又像一场集体诘问:"究竟怎么啦?为什么空了?我们的主人呢?热闹呢?欢乐呢?为什么不回来……"

镇中心坍塌得很厉害。横梁倒立、楼板斜挂,有一排水泥柱子像干菜一样悬挂着。墙烂了,木头劈开,四野七零八落,不再有完整的一角。水泥灯杆连根拔起,露出的钢筋早已锈红。

再往里,废墟一片连一片密集,静静的。光盘、袜子、孩子粉色的绒线衫、烂自行车坐垫、撕成布条子的床单、油壶、梳子、剃须刀——日常生活的柴米油盐和细碎的温馨被碾成齑粉。

废墟中间却奇迹般地站着汉旺镇中心幼儿园。

仿佛是为了衬托,周围的楼房与店面全部垮塌,钢筋水泥柱子斜挂下来,席梦思与木头衣柜吊在半空。

幼儿园却基本保持原貌,能清晰地看见它的门楣、传达室、大院和上下两层楼的教室。可见地方政府当初建筑它的用心，他们对孩子们牢不可破的爱。

幼儿园那面彩绘墙上，一群扎羊角辫、穿花裙子的娃娃在幸福地嬉戏、跳舞。活泼的色彩和可爱的气息在死静的废墟深处给人以强烈的撞击和震撼，像丧曲的最高音。

孩子们如今都成了墙上的图腾吗，还是那墙上的孩子本来就在院子里跳啊唱啊。他们在楼梯上奔跑，在草地上欢笑。二楼小黑板上，彩笔写着幼圆体的"宝贝欢迎你，爸爸妈妈请看"。

楼道里贴着孩子们的杰作，家长会开好了吗？廊檐下剪纸做的橘红色太阳和一排彩色小旗依然在风中招展，无限热闹，无限悲凉。

地上有碎玻璃，院里横七竖八倒着水泥杆，隔壁服装店的裸体模特栽倒在院子里被碎尸万段。

椅子倒了，桌子散了，二楼的护栏虽完好，可门窗却黑洞洞的。

门外的垃圾堆中，一件白底大红圆点的小花裙叫人揪心。还有粉色的小皮鞋，是总理抓在手心哭泣的那只吗？

彩色游泳圈变成一堆烂塑料，跟着糜烂的还有孩子们的书包、画笔。风吹过，大地上所有空荡荡、黑漆漆的缺口霎时间一齐尖叫，汇成那年那月那天那时刻的惊悚和不幸。

孩子们逃出来了吗？隔壁卖童装的，做美甲的，拍婚纱照的，茶馆喝茶消闲的客人、打毛线的姑娘、养宠物的富婆、归国探亲的华侨，还有政府大楼里的上班族。不知道谁活着，如今在何处？谁死了，死在哪里？

白墙上歪歪扭扭留着涂鸦：

"aoeyiu……"

"某某是大坏蛋。"

"某某该吃毛毛虫。"

…………

那些只有靴子高的涂鸦啊。

当超乎人力和意志的威慑冲天而下，所有生灵何其卑微与弱小，一切如同稚嫩的幼子，如同草芥蜉蝣。

这本是人类共同的不幸，却被这片土地承载了。

那些压在废墟下的花裙子、拖鞋、游泳圈、床垫、烟盒都在尖叫……地震活埋的何止是一城生命，还有一城的希冀、梦想、爱恨、悲喜，一切的一切。

幼儿园右拐是汉旺镇政府，当时正在开政府会议，办公楼突然坍塌，17 位公务员的生命瞬间逝去。残破的门墙默然而立。周敏轻轻念叨："我上次来的时候，这里还有人给亡灵献花呢。"

一切都变得寂静。

那条酒店、商场、茶楼、饭馆相拥的林荫大道成了空巷。乱石堆中，露出工厂门楼上"把""握""时"三个蓝底白色大字，"机"已被生生活埋。

再过去的地方就彻底被夷为平地。

一眼可以望见对岸山脚下的那幢残楼，像被疯狗啃去了大半，又像戈壁滩上的风蚀蘑菇，让人想起电影《新龙门客栈》里屠夫砍剔过的骇人手骨。

楼群揉碎了，生灵活埋了，青山绿水成为荒野。

不，荒野却在点点泛青。

是那勇敢的叫精卫的鸟儿来过了吗？

# 四

看哪，它把那不灭的草种衔到高高的断墙上、倒栽下来的楼板上、哭泣的墙洞里、断壁的裂口里、一丛丛杂乱无章的乱石坡和那断了根戳进乱石坡的电线杆上。

只要有一丝尘土，几度风雨，绿草就随处扎根，细细长长的，仿佛练了杂技，专往那斜的陡的悬空的摇摇欲坠的地方攀高，甚至还会走钢丝，在那孤零零的悬在半空的"绝壁"上抽芽蔓延，无畏无惧，一任天真。

那棵被连根拔起的鸽子树，已经砸烂了茶楼。奇怪，它倒而不死，枝头偏偏生满绿叶，树干上还密密麻麻长出整齐的木耳。

爬在高高危楼上的藤蔓翠绿，不无骄傲，如今它成了这里的主人。还有那断墙下面拔节生长的翠竹。

新生命不屈地在墓场上高歌，与天灾叫板，它们在唱，在笑："谁说这里是废墟?!"

这些不死的冤魂，随处恋着爱着，就是不肯轻易熄灭。

我想起废墟里挨过55小时的那一老一少，想起灾后逗乐中国的可乐男孩，想起靠尿液活下来的硬汉，想起死里逃生却回头冲向坍塌的幼儿园英勇救人的小男孩，想起弯腰挡住横梁裹住襁褓中婴儿的年轻母亲，想起废墟下秉烛夜读的女学生。还有那不屈不挠向着灾难挺进的救援志愿者队伍——人类从来震不垮，灾难损毁的只是肉身，却永远无奈何心无奈何爱，灾难只会催生爱。

黄色的雏菊、紫色的勿忘我、红色的康乃馨、绿草翠竹，一丛丛，如人间纯真、明媚、阳光而勇敢的脸。

那些被砖石击中，被横梁压折，被楼板活埋的生命没有死，他们的灵魂依然在阳光下发芽、开花、歌唱。

这座散发着特殊腐臭气息的死城突然又有了心跳和喘息。

我忍不住顿住脚步，提起脚跟静静屏息，神经绷紧了，恨不能全身悬空。我只想轻轻，轻轻地走过；轻轻，轻轻地瞩目；轻轻，轻轻地冥想；轻轻，轻轻地呼吸，生怕打扰那些睡着的灵魂。

有一种精神从废墟下面顽强地长出来，像青山背后冲出的骄阳。

相对于他们，大地上行走的我们无疑是幸存者，地球上所有与天灾擦肩而过的人们都算。

幸存者绝不是当年媒体公布的那组数据，当然亡灵的数据更不可考。臧克家早有诗云：有的人活着，他已经死了；有的人死了，他还活着。

多少人已经忘记了这场灾难？忘记了幸存者的身份？

那些戛然而止的希望和未来应该由我们来继续和完成，不仅仅是点蜡烛，送鲜花。这些远远不够，否则，那来自废墟深处的尖叫会让人不安、羞愧。

侥幸的幸存者啊，我们除了踮起脚跟，轻轻地愧疚地心疼地良心发现地走过这片废墟，我们还应该以新的模样扎扎实实投入生活。

让我们有责任感地活下去。从把一块嚼烂的口香糖拿纸包好扔进垃圾桶做起，做一个环保主义者，做一个对天地对生灵都热爱与敬畏的人，珍爱脚下的小草与泥土，心怀头顶的明月与太阳。把每一天都当成上天的馈赠与奖赏，懂得自由呼吸本身就是幸福，将邪恶从心思意念中驱除干净，每一刻从心底涌出来的都是感激与爱，灵魂像天空一样湛蓝，像莲花一样洁白，像婴儿一样生长。

## 五

离去的时候，太阳回来了。空城的寂静和荒芜正被一台轰隆隆响的拖拉机打破，那是废墟上唯一的声音。

拖拉机手身着迷彩服，应该是这里的建设者。几个环卫工人在清扫着无人的马路。

刷刷刷，和着潺潺的顺河的歌唱。转瞬，一切又恢复了寂静。寂静使那山上下来的河水哗啦啦很响很急，生龙活虎。

"都是过眼烟云，只有流水不腐，户枢不蠹。"周敏喃喃着。

水挟着泥沙非常浑浊，这条名叫顺河的生灵啊，它哗哗流响在这伤痕累累的大地上，送别我们，又像在祝福我们。

小樊特地带我们参观汉旺新镇，粉墙黛瓦，处处散发着苏州园林的清新、典雅，尽显江南精细。

可以想象乔迁新居的人们是何等的悲欣交集。

马兵说："新婚很甜蜜，可我的心就是回不来，老是梦到我还在汶川黑漆漆的废墟上营救。"

安置我们的身体永远比安置灵魂容易。

那些被震灾伤害过、毁灭过动荡不安的灵魂何日安宁，亲历过"5·12"的人们何日真正劫后余生，这是人类在天灾面前共同的命运和困境。

但愿我们早日走出心灵的废墟，轻轻地，不屈地，像一株草一朵花，在阳光下自由舒展，真正活出幸存者的幸运和幸福。

我默默祈祷着，怀着沉甸甸的祝福和希望，扑向等着我们的高三（4）班。

# 我的中文系

　　中文系是座山，一座望不见巅峰的山。许多年后回首遥望，感觉自己还在半山腰。当年引我上山的恩师们，却不曾被岁月阻隔，倒是越来越近了，近如头顶星辰。他们永远也不会知道，有一个人，一辈子，都会像仰望苍穹那样，将他们深情地敬畏与凝望。

　　一辈子，也不够。

## 一

　　在中文系，最先认识的是教写作学的丁伯铨老师。他白白胖胖、五官分明，最分明的是他的嘴和眼，线条像工笔画。老师讲课铿锵生动，至今记得他剖析《陈奂生上城》。小说经他一解，如同电影，人物的内心与作家的匠心水落石出。我不知道写作学竟可以讲得人眼睛都不眨的。丁老师动情处嘴角颤动，目光如炬。

　　听他讲课，常常令人忘记是在课堂，似乎走进了剧场，或者是灵魂之解剖堂。感动和领悟发生在一些不知名的瞬间，神不知鬼不觉。我的神经从没被一张嘴调动得如此紧张。

　　中文系另一张奇异的嘴属于柳士镇老师，他教我们古代汉语。柳老师旁征博引，引经据典，信手拈来。他的批注密密麻麻，细致到不能再细，让你沉溺陶醉又落到实处。讲着讲着他就吟诵起来，高大的身躯纹丝不动，全凭一张嘴。以至于他一吟诵，我就觉得谁拧开了很粗的水管子。

从没见过一个人如此流利地吟诵古文，诗文大段大段如飞瀑直下。柳老师进入境界不仅会诵，还会唱。那份娴熟和痴醉，让人无法不深信古文的美丽。

我常常边听边发誓，回去要下力气背。如果文章能吃，我一定愿意当饭团啃。许多清晨，我流连在草坪上诵读。我多希望把脑子练得像柳老师那样。

这简直叫人绝望——即使四年天天背，即使背得下所有的古代汉语，可在老师面前，注定不过是汪洋一滴。我神往着，又惶惑着。

听柳老师的课该当激流勇进，而听老师张的古代文学，那就如临帖、刺绣、舟行、云游了。那是一场甜蜜、浪漫、酣畅的精神遨游和闲庭散步。老师张体态微丰，有一口洁白得厉害的好牙，念起"蒹葭苍苍"，他每每"巧笑倩兮"，吐词优雅，手势婉约，目光悠悠，通体抒情，让人怀疑他是昆曲里走出来的书生。

听老师张的课是一场熏陶，古典诗词的韵味和情调，从他笑意盈盈的眼神、洁白整齐的牙口以及他的白衬衫和深色西装上，不紧不慢氤氲开来。不知为什么，我下意识地叫他老师张，可能觉得他的优雅浸染了英式情调。

我在他的课上总有微醺的甜蜜和幸福，陶醉得不知其所。他的课安排在上午第四节。大凡这节课神经都被饥饿感操控，但老师张的课例外。他每每让我"三月不知肉味"，在他的课上忘却饥饿不算，就算下了课，去了食堂，嚼了饭食也觉得乏味。

最珍贵的是张宏生老师的笑，那种由诗书日久天长浸泡出来的旷达和温暖是多么难得。他的笑一如蒹葭，谜一样眩惑着人，似乎在说：读吧，读典吧。

中文系的老师大都爱笑，想起他们，常常是一堆笑脸在脑海中荡漾。其中一张格外独特。

老师显然已到退养的年纪，她是临时来给我们代课的。她蹒跚着走上讲台，往下一望，立即获得了大地回春般的激情，未开言，先怒放了她的笑。整节课，她始终如一地微笑着。你可以相信她深爱着讲台，深爱着诗文，深爱着我们，她爱起来会有跑马拉松那样使不完的力气。

老师用她年迈沙哑的嗓音给我们讲解，早已忘却她讲的是哪一段。不是今天，而是当年就模糊了。她为哪一段讲解已不重要，她的昂扬、乐天和无边无际的爱蒙住了我们，我们像一支支糊涂又贪婪的吸管。

老师边讲解边在黑板上板书。兴起，伶俐一转身，在黑板上一笔画出一片竹林，简直像个舞者。那竹清新独立，从她手中一笔一笔生发，伴随着她的吟诵拔节向上，独立于世，近乎成为一种象征。

我永远记得她花瓣样的笑纹深处那双如婴儿般透亮天真的眼睛，活泼泼的，像一对游动的鱼。

## 二

中文系只有一位老师不笑，他给我们讲解明清文学。我理解他不是不爱笑，而是我们的表现着实让他笑不出来。

那时候我们读大三，不仅会迟到早退，还会逃课旷课。签到时，台下黑压压的一片，等到上课，就稀稀拉拉地少了。

我们还擅长挂羊头卖狗肉。明明是上明清文学，桌上摊开的却是《包法利夫人》。在这位老师的课上带小说的人最多，课堂上每每一片寂静。看累了，抬头发现老师在殷勤地板书，颇感好奇，同时也好生羞愧。于是勉强听两句，可又无法听懂，只好垂头去读小说。

老师的定力好得惊人，他从不受我们的影响，自己在上面口若悬河，如琢如磨，只是自己跟自己认真了。我们统统勾着脑袋在小说里优哉游哉。

老师不仅定力好，心胸也格外宽厚，从不与我们计较。我们看小说他不管，我们趴在桌上睡觉他全当没看见，对于迟到、早退、逃课他见怪不怪。他不批评，不惩罚，不记黑名单，更不去教导处告状。他是真正的为人厚道，我们却一再放纵着。发展到后来，他的课上学生寥寥无几。

最滑稽的一回，台下就坐了我和另一位男生。向来波澜不惊的老师不禁抬头望了一望。不过，只是抬头望了一望，他就波澜不惊了。

我在下面却如坐针毡，谁料课讲到一半，那位男生夹着书提前退场。

老师真正海量啊，他如常地继续。我认认真真听了十五分钟，可惜我一个字也听不懂。望着他一脸泰定，我不禁纳闷：是什么给他这么强大的定力和耐心，他居然不生气，居然不尴尬，居然不拂袖而去。我真想试试我走了留下他会怎么样。他会不会对着空空的教室滔滔不绝，最后拍拍手说："下课！"

他真是严于律己，宽以待人啊，这种泰定简直可算疯狂，我被他深深折服了。因为这节课，我们结成了奇怪的友谊，写毕业论文的时候，我心心念念选择了他。

我哪里会写什么论文呢，大概想着他会海涵，半抄半摘、东拼西凑，好歹写出来一篇。

论文最后要送到导师家里。没想到老师居然有位漂亮的太太。她细皮嫩肉，能说会道，厅堂内外光洁锃亮。不仅如此，他们还有个美丽的硕士女儿。老师笑呵呵的，不胜甜蜜，和课堂上完全两样。

老师给了我一个相当高的分数，我一直怀疑他是不是出于对我的鼓励，总之肯定不是因为我论文写得好。

多年后我逛旧书摊，在一堆乱石样的古籍图书里，无意中翻到老师的著作，名字与唐圭璋排在一起，不禁讶然。

# 三

我曾开了好几次头，想认真写一写高晓方老师。可是每每觉得笔力不足，无以为继。实际上也是羞于面对自己，或者不肯轻易放过对自己的责罚。

高老师长着一双大眼睛，线条深阔的双眼皮，双出几分母性。后来听说，好男人面相上总会带着一丝母性气质。他的大眼睛像水池一样，蓄养着敦厚与仁爱。冲你望过来，除却温暖，还有一分孩子式的无辜和单纯。似乎羞怯地问："我打扰你了吗？我是不是哪里做得不妥？"

一般绅士爱将"冒昧"二字挂在嘴边，高老师是一点一滴地把它们望出来给你。涉世多年，再也没见过像高老师那么谦恭虔敬的人。

高老师的衬衫不是蓝就是白，常年穿布鞋。高挑笔直的身躯，无端地让人联想到他的品质。黑发纹丝不乱，上上下下透着朴素、周正、洁净的味道。外套哪怕旧了，也不见一丝皱褶。

老师往大家面前一站，双手有礼地交握，唇未启先微笑，轻度鞠躬。要是提问，必定大幅度地弯腰喊"某某小姐请""某某先生请"。答对与否不重要，他会羞赧一笑，把脸都笑红了。

当学生这么多年，第一次被老师尊为"小姐""先生"，刚开始大家都吃吃地笑，觉得受宠若惊。另外也觉得滑稽——这是上课，又不是进馆子吃饭。

可是等我们一学期听下来，高老师与我们业已相熟，可他终未改口，从不随便，待我们一如初次谋面般谦恭，一如初次谋面般虔敬。这时候再听他口口声声喊"先生""小姐"，就有了另外一重味道。那是属于高老师自身的味道，和他母性的情怀、素朴的衣装、恭敬的举止、严格的自省格外合拍的味道——谦谦君子加书院夫子的味道，一种"四书五经"才能熏陶出来的格调。

高老师教我们很枯燥的工具书使用，但奇怪的是，在这门课上带小说的人甚少，迟到、早退、逃课、旷课更是没有。即使有同学带了小说进课堂，最后也是遮遮掩掩，不大好意思翻。更奇怪的是，高老师设在暑期的课题研究竟有十多位同学选修。

选修的人上午集中去中文系，跟着高老师查阅工具书，确定论文选题，分类收集资料。对于这些很琐碎的事情，大家在吊扇下面敛声静气地做。高老师弓腰轻言细语地辅导，无限殷勤，无限细致。一时间，我们似乎也感染了他身上的学究气。

假期的校园别样安宁，同宿舍的七个疯丫头回家度假了，不再叽叽喳喳喊我"中文系"。我愿意跟着高老师做课题只是一方面，另一方面，我也贪图独居一室的悠闲。

我的课题是《红楼梦里的丧葬风俗》。上午在《红楼梦》里晕头转向地兜圈子。下午和晚上，我一头钻进可以称得上浩瀚的《战争与和平》。

我真是低估了巨著的力量。

至今记得读完《战争与和平》的那个夜晚，一个人在幽静的校园走。当时觉得，即使那样走三个月，三年，三辈子，也无法走出《战争与和平》。

我简直觉得之前就没读过书。

不知不觉，我跌入了一种无以名状的寂寞和癫狂，惆怅与忧伤不知发自哪里。城市正好没入雨季，连绵的阴雨加上《红楼梦》与《战争与和平》，把我愁得不成样子。

　　高老师几次问我："韩小姐，你没有不舒服吧？"

　　论文一画上句号我就跑了。我逃了高老师的课，凄凄惶惶，去投奔一个朋友。

　　深夜敲开门，真是活见鬼——朋友见了我以为是"鬼"不算，当时朋友家正在办丧事。八十多岁的爷爷死了，老人怕火葬，他们要连夜偷偷埋了他。

　　丧事无声无息，按照礼俗办了整整一夜，仿佛在演绎我的研究。

　　高老师最后两节课没见到我，深感不安。行事严谨的他百般打听，却无从知晓我的去处。

　　偏偏高老师认定我是个好孩子，他认定我不会无故缺席，认定我离开一定会找他请假。这样一来，他就觉得我可能遭遇了某种不测。结果他慌慌张张连夜找到了校保卫处，保卫处立即通知家属，一时间所有人都慌作一团。

　　我惹了这么大的乱子，自是羞愧。高老师没一句怪我的话，他送我一网兜苹果，谦恭地嘱咐："韩小姐，往后要注意身体。"

　　当时的高老师满嘴生泡，我抱着他送的苹果真正叫汗颜啊。如此谦恭虔敬的一个人，我却辜负与伤害了他。

　　大四的时候，高老师不教我们了。只是为论文找过我，修改啊，校对啊，不厌其烦。论文赶在毕业前出版，还召开了研讨会，轰轰烈烈，我却提不起精神。我怕见到高老师，一直觉得羞以应对。

　　真不知道当年我是怎么处理他送的苹果的。

　　多年来，那些苹果一直水灵灵的在我心头。

　　我多想通过文字向老师忏悔呵。我有多思念他的虔敬、敦厚、古朴，就有多愧疚与不安。我在心底无数次对高老师说："原谅我吧！"

　　只怕，高老师听了，大眼睛里又会涌出孩子式的羞怯："我打扰你了吗？我有什么做得不妥吗？"

# 四

前不久我牵着孩子逛夜市。嘈杂的市声里，我忽然听到久违的一个女声——饱含着文学品质的声音。其实我不知道用什么词来形容周晓扬老师的声音，它在类似空谷一样的高度和纯度上回响，空灵悠远，激扬清澈。听得出，周老师的声音里有一种不屈和志向，或者叫愤世嫉俗。

周老师当年三十五岁上下，白净端庄，戴黑框眼镜，目光平直得像射线一样，有临空和横扫的力道。她披着长发，水杯是深咖色的，杯盖奶白。我非常喜欢她用洁白的手指拧开奶白的盖子喝水的样子。我总觉得她喝的不是水，是深谷醴泉，不含俗世烟火。

周老师像劈柴一样给我们分析文学作品，力度和深度拿捏得恰到好处。上她的课，人人都会被她深度唤醒，然后庄严成一座座山脉，空谷在课堂当场生成，就听她在我们中间声声激扬。

当年热衷创作的我，曾请她看过一大摞不成文的东西。真不知道她是怎么看完的。事毕她用红笔跳跃着写道："感觉不错，不要着急，等以后有了生活就能写得更好了。"

我一直把她的话视若珍宝。

我们的另一位女老师姓倪，她娇巧玲珑，喜欢把头发剪成各式各样的短，但不是时下流行的那种白领短或男性短，是俏皮的、活泼的、清新的短。那样的短发配上米色毛衫、浅蓝牛仔裤、白球鞋，真的轻盈得似能立于人掌心般可爱。

老师叫婷婷，她肯定不是芭蕾舞演员，但她穿着米色衫裙站在讲台上，真像芭蕾仙子。她不用香水，但她喜乐的笑靥、洁净的声音、清朗的讲述，总让人觉得她很香很干净，仿佛她的灵魂能散发出香气。时隔多年，我想起她仍会情不自禁地吸鼻子。

她趴在讲台上笑呵呵地告诉我们："我们家那位最大的爱好就是买书——"这句话让我们感觉到她有一个多么幸福的所在。她的轻盈和开心就像藤上的果实，生发自然，有根有据。

婷婷老师轻盈的身子里却深藏着惊人的思想，在学术论文榜上，似乎总看见她的名字排在前面。严正的学术会议上，若是由她发言，她喜滋滋的一番温言软语，每每博得全场雷动。

就是这位灵动的女老师，语出惊人地说："我发现你们当中有一位天才。"老师语毕故意停顿数秒，吊足了大家的胃口，笑得像年画上的智叟，然后才慢悠悠地说出一个女生的名字。女生顿时面若桃花。最可爱的是老师自己也面若桃花，好像一个自知说了大话的孩子。

## 五

还有一位老师，我不是经常想起他，但是想起来，心中便会涌起玉样的温润。他教我们民俗文化，五十开外的年纪，有着甫提多纯正的男中音。课堂上他讲着讲着常常忘情地唱。同学们开始不好意思，后来习惯了，甚至大胆了，老师讲到深情处，就有男生叫场子："唱两句。"

老师嗓子也不用清的，扬起眉毛就唱。为了不影响别的班上课，他必须把歌声压低一些。老师唱的都是民俗小调，不长，曲子清新风情，别有野趣。老师唱着歌顺便讲起他们采集歌的经历。我便梦想着毕业后去研究民俗文化，戴上草帽跟老师去乡野，寻觅那些会唱歌的老农。

这样风雅轻松的课堂某天却迎来了一场肃静。

是日清晨，老师迟到，向来齐整的头发有一缕在头顶翘着，灰夹克大敞，风尘仆仆。老师把他的包重重地放在讲台上，低垂眉目和双肩，良久才严肃地说："对不起。"

教室里安静极了，大家举着脑袋齐刷刷地望着他。老师深呼吸一口后说："跟大家说件不幸的事。刚刚过去的七点钟，我的爱人，你们师母，在上班途中，不幸被一辆大卡车撞成重伤，目前正在医院救治——"

我们统统愣住了，没有一丝动静，连喘息都没有，教室里庄严得像在举行一场仪式。

老师顿了顿，接着说："师母为人质朴，天性善良，业余时间，给我很大帮助。可以说没有她，就没有我的今天……"

老师简直是以哀悼的姿势和腔调一发不可收地述说着。我们从没上过这样的课，一个人对另一个人的感念、心疼、敬重。老师悲痛万分，说完双目晶莹。

大家一再沉默着，除了哀痛未曾谋面的师母，还哀痛我们的老师，哀痛他们的遭遇。短短几分钟，老师领我们走过了他长长的一辈子，我们仿佛看见了他的爱情，书上读来的倒无一例这般美了。

好不容易老师才调整好心绪，振作起来上课。只是老师好像一下子老了，眼袋沉沉地耷拉着，再不是那个为我们轻歌曼舞的人。

后来师母很快康复了，老师的脸也渐次艳阳。那不过是场虚惊，但我永远也忘不了那一课。我相信只有在南大中文系的课堂，才会欣逢那样的浪漫。

## 六

2002年，南大百年校庆，我与师姐谢情霓一起返校。电梯上我们嘻嘻哈哈："如果见不到吕老师，就等于白回来啦。"

突然头顶炸开一个声音："你们的话我听见了。"

正是吕效平老师，真是太戏剧化了。

吕老师高大昂扬，大二做我们的辅导员，见面给我们演讲了三十分钟。认识吕老师其实三十分钟嫌多，只要听他五分钟的讲演就会终生难忘。

身为剧作家的吕老师口才与激情真叫浩荡。三十分钟，他可谓句句经典，每一句都荡人心魄，完全可以刻下来挂在书房作座右铭。难忘他那句："走出你的一亩三分地。"

末了他嘱咐我们："不管遇到什么难处，你们都可以来找我。即使杀了人，也没关系。放心，我不会惊诧，我会永远理解你们，像你们渴望的那样——"

我们班五十三位顶多闹点儿恋爱风波，杀人不可能。不知道有没有人去找过吕老师。我没去过，但每每心情惨淡，总会想起他的激扬，属于他的那分火热和光明就会穿越黑暗来到面前。他是一个想想就让生命阳刚的人。

当年礼堂连续两周演出吕老师自编自导的话剧《假如明天没有太阳》和《歌声遥远》。两场戏我看了又看。

其中一幕，男主角很响地打了女主角一记耳光，每次戏演到那里，我就在暗中惊心动魄。

吕老师的话剧场场都是灵魂的拷问。那阵子我被他拷问得不行，往往看一半就得到外面透气。中途一回，我竟然撞见了吕老师。他汗津津地抱着两箱可乐往礼堂直奔，像个跑堂。这与他在戏剧里毫不留情地批判和追问的激情惊人相似。我仿佛看见他握笔在纸上冲锋，汗津津的，势不可挡。

毕业前我去老师家，标杆样的吕老师当年住在逼仄的小房子里，有一个热带水果样的儿子和咖啡气质的妻子。吕老师卷着衣袖，手上带着洗碗水的珠子。那瞬间我同样震撼，一如面对他的话剧。

在母校110周年校庆上，又一次赶上吕老师的话剧。小礼堂和从前一样座无虚席，舞台上灵魂的拷问一如当年，观众的掌声也一如当年。

幽暗中在礼堂最后撞见了吕老师，他静静遥望舞台，安闲又炽热。他离舞台最远，可他分明就在台上。老师说过，话剧是把人的灵魂放在火上烤，我感觉他就是那清醒、无情的淬火者，他就在火中央。

# 七

大学四年我学得最好的一门课是美学。

美学老师周宪不是兴奋型的人，但他的声音里却有一种奇怪的兴奋剂。就像乐器，冰冷抽象的外表却每每涌出摧枯拉朽的激情。

周老师冷冷地站在讲台上，望着对面未必存在的某一点开讲。讲着讲着课堂就兴奋起来了，脑袋无一例外地高昂。无怪乎，老师实在博学。

听周老师的课，我总是兴奋得想把他说的每一个字都记下来。我是那么珍惜这位老师的讲述，甚至企图记下他那些无法记录的停顿。

只有一次我没记，因为我实在不想错过老师那微微发红的脸颊、兴奋闪烁的眼神以及在空中抓挠的手势。

周老师讲起了创作，突然一拐弯说起他那远在国外的朋友。朋友是位抽烟的女作家，灵感来了就在香烟壳上写，字字如诗。

我后来喜欢随处书写，不知是不是受了周老师的启示。

# 八

中文系的老师自然不止这些，只是很多业已遥远，远如那八角亭子后面的葱茏。百年庆典，时任系主任的莫砺锋老师款款上台，他是新中国成立后第一位文学博士。大学期间，他教我们古代文学，我们台上台下领略过他的治学。

他那儒雅与严谨到一丝不苟的背影才出现，一腔热血就汹涌而上，大家忍不住失声喊："我们的莫老师。"

那瞬间，中文系亲如手足，好像我一天也没离开过。

难忘啊，我的中文系。怎一句"难忘"了得！

# 渴望知识

行走河西走廊，看到大片不毛之地的戈壁滩，才知道什么叫荒芜。偶尔一株巴掌大的骆驼草，那荒芜中的一星星绿色，都会让人惊讶和感喟，顿时驱散漫天悲凉，生出绿茵茵的希望。

和骆驼草一样令人惊异的，还有那时断时续的汉长城，那是古代人的智慧和决心。现代人不甘落后，他们在戈壁深处搭工棚，造铁路，建设卫星发射站和风力发电站。这些都让人有理由相信，早晚，戈壁会变绿洲，繁华将取代荒芜。

长城脚下，一排野鸡炖蘑菇的酒家。夕阳中跑出一个满脸通红的孩子，六七岁模样，头发枯黄，一条红花厚格子长裤在炎热的盛夏不合时宜，可见她生活的拮据。

孩子不知愁滋味，野兔一样快活地奔跑，最后冲进妈妈的怀抱，吊着妈妈的大腿玩杂技。妈妈在廊下洗蘑菇，对她的游戏不理不睬，孩子转身又猴子一样往爸爸身上爬。

在那苍茫的天地间，爸爸妈妈是她唯一的玩伴。

那双乌溜溜扑闪的黑眼睛，藏满机敏和天分的眼睛，原本该接触世界上最美的文字、图画、音符、色彩的眼睛，望着人一如戈壁，荒芜得叫人心疼。

我不能忘记那样一双眼睛。

我想起那些幸运的都市里的孩子，他们坐在阶梯教室里，黑晶体样的眼睛被知识的火焰熊熊燃烧，那样亢奋、激情、好奇，顺着尽善尽美的方向，扑腾飞翔。

我多想跟他们讲讲那个戈壁滩上的孩子，多想让那个孩子走进他们的课堂。

不管我们生于何种年代，也不管我们的种族、肤色、性别、年龄，一旦我们被知识吸引，翱翔如飞，那么生为人的万种欲念便只剩下追逐，无尽的、忘我的，自觉自愿的、尽情尽兴的追逐啊。

犹豫、怯懦和软弱——这些拦路虎终于奈何不得我们，绝尘而去，化为乌有。

人活着自有许多乐事，但只有奔着知识之光去，任何时候都让我们加倍豪迈、满足和踏实。那种浑身胀满力量、朝气蓬勃的滋味，是生命最美的清泉。生命原本渴望生长，渴望上升，渴望飞翔。知识是唯一的翅膀。

那次，我去一个村小做讲座，离去的时候车后追逐着一群孩子。我记得他们奋力奔跑的样子，女孩子的长辫子蹦蹦跳跳像松鼠尾巴。

我在心里一遍遍喊："别跑啊，孩子！追逐其他莫如追逐知识，张开你们的手指去翻书吧。读真正的书，读充满善意、智慧、光明、温暖的沉甸甸的读物，读着读着就能向上生长，向美开花。"我的心底充满激情和希望，理解甚至忘却生活的阴影，愿意从自身做起，积极去创造美和光。一辈子不够，那就两辈子三辈子，永生永世。

高尔基说："我写作的目的不过是帮助人们更好地了解自身，提高自信心，激发对真理的追求，同身边的鄙俗行为做斗争，唤醒灵魂中的羞耻、愤怒、勇气，通过一切使人能变得高尚坚强、能用美的圣洁的精神来活跃自己的生活。总之，文学就是为了使人高尚。"

当我坐着崭新的火车离开新开发的小镇，车厢里温度适宜，沙发舒适，服务殷勤。在那样优雅的环境里，刚刚富裕起来的一些人嗑着瓜子，旁若无人地高声说笑、打情骂俏，脱了鞋子盘腿打牌，大嚼方便面、火腿肠。不一会儿，车厢近似臭烘烘的猪圈。

原来最可怕的荒芜不是戈壁，而是物欲饱足的人们堕落着的精神。他们一天天沦为欲望的奴仆，一天天物化、蠢化、丑化。

当时，梭罗在我手中的《瓦尔登湖》里振聋发聩地说："任何一个人都为了拣一块银币而费尽心机，可是这里（经典书籍）有黄金般的文字，古代最聪明的智者说出来的话，它们的价值是历代的聪明人向我们保证过的——然而我们读的只不过是识字课本、初级读本和教科书，离开学校之后，读的只是'小读物'与孩子们和初学者看的故事书。于是我们的读物，我们的谈话和我们的思想水平都极低，只配得上小人国和侏儒。"

我用红笔把这些句子重重地画出来。

19世纪的梭罗仿佛跟着我的笔头，突然降临车厢。于是，千年的愤慨复活了，越发深刻，越发振聋发聩。

虽然各种各样的年代都有人用各式各样的长短句强调过知识的重要性，可是在"金子"塔眼看要压倒一切的今天，我依然愿意老调重弹，深切地呼唤孩子们：渴望知识吧！让我们挣脱物欲的烂泥塘，向着精神的高地飞翔。

# 热爱泥土

小时候，我们带妹妹种大蒜。两岁多的她本来坐在地头玩手绢，玩着玩着就爬到新翻的泥土上，学我们的样子，手忙脚乱地拨弄大蒜。田垄被她踩乱了，她从土里抠出一条白花花的地虫往嘴里送。

妹妹从土里抠出过萝卜、花生、山芋，吃得都很香甜。唯独这次，她觉得不对，一个劲地往外吐，还皱起眉心哇哇大哭。

妹妹吃地虫成了笑话。母亲说，我们其实和妹妹一样，打小从土里翻出什么就吃什么，困了就睡在地头。庄稼人的孩子，都是在泥土里滚大的。

那年妹妹生疥疮，妈妈去河边挖一种黑泥，装在瓦罐里当药，疥疮果真治好了。

春耕的日子，新翻的泥土散发出涩涩清香。犁地的叔叔间或会捧起一块，凑近了鼻子闻，像奶奶闻她的酵面，很香，很陶醉。

总是等不到夏天，泥土才被晒暖，我们的脚趾就不能安分了，瞒着大人，脱了鞋袜，挽起裤脚在浅滩上踩烂泥，脚掌使劲儿往下踩，看着水一点点长出来，长成一个小小的潭。

湿漉漉的泥巴，软软地从脚趾缝里钻进钻出，又痒又滑，仿佛泥土也有种调皮劲儿，和我们戏耍。

田埂上的黄昏诗意无穷，被太阳晒了一整天的大地就像一锅蒸出香味的米饭。人们贪婪地呼吸着，享受着。

这时候种子往往被埋进了土里。埋了种子的田野显出奇特的美，美得庄严、神秘，像孕育的新妇。

农人们赤脚走出田野，满怀希望和敬畏。他们从不担心土地会欺骗他们，除非他们自己不够殷勤，不够专注。

妈妈骗我说，我是泥块里蹦出来的。每次抓握泥土都会情不自禁地激动，好像它真是我的母体。我喜欢把脚埋进土里，玩那"从土里长出来"的游戏。

最快乐的是秋天，从密密麻麻的绿叶下面找出丝瓜、豆荚，一串一串，真是满满的惊讶和欣喜啊。

还有茄子，清晨才拳头大，太阳落山时它就垂下来老长了，当晚奶奶就把它摘下来做茄夹吃。

韭菜地永远香喷喷的，无须用刀，只要拿蚌壳割，咔嚓咔嚓，喷香的味道窜进你的胃，浆汁绿了你的手。那手上的清香能留好几宿，休想洗掉。

拿耙子收芋头、红薯、马铃薯的时候可得当心，一耙下去，搞不好会切中目标，好好的果实就被切成两瓣。那无异于破坏，你肯定会心疼不已。

我最喜欢收花生，赤脚踩在泥土里。秋天的泥土虽然已经凉了，但丰收的喜悦让人忽略了凉。总是等到天黑，才想起埋在花生藤下面那双灌满泥土和花生叶子的鞋。

年迈的根爷会吃土，就像品酒师品酒，美食家鉴赏美食，他能吃出土地的肥瘦缺漏。根爷吃了一辈子土，偏偏牙齿很白，八十岁还把炒蚕豆吃得嘎嘣嘎嘣响。

根爷活着就把自己的坟挖好了，他在坟头栽上树。根爷一点也不怕他的坟，闲来会去他的坟头抽旱烟，间或抓弄一把土，零嘴一样吃吃。

根爷葬下去以后，那些树呼呼地长得很快，像根爷一样健朗。

我从未怀疑过自己是泥土生的。即便后来读了书，懂得科学，知道生命的来历，我仍深信我是泥土的孩子，我和泥土血脉相连。

辑二　心灵的火焰

复活吧，学会用那自焚的火去燃灭绝望。漫长、寂静、琐碎的生活在考验我们的灵魂，到底有多少力量可以重生，有多少爱可以死灰复燃。

# 铁凝的微笑

　　知道铁凝是因为她的小说，喜欢她也是因为她的小说。

　　我喜欢她小说里包容的母爱，对芸芸众生的。我也喜欢她笔下流溢出来的文字，好像经过严整的军训，个个都是好兵，排到一起，壮观之外，透着阳刚雄浑的力量，毫不拖泥带水。这样的文字，让我过瘾，尤其知道它们出自一位女作家之手后，那更叫痛快。我甚至认为她文如其名——冷凝着的铁，砸下来注定有分量。

　　不知道与铁凝有没有关系，大学时期我如火如荼地做着文学梦。可毕业后被分进机关，满脑袋风花雪月包裹在肥大的警服里。每天面对打架斗殴、坑蒙拐骗、欺诈抢劫——读书被挤到很小很小的角落，人整个儿找不着感觉。

　　那回外出执行任务，跟踪采访一次抓捕。由于安排欠妥，行动雷声大雨点小，稀里哗啦，纯属浪费时间。回来的路上，走在喧嚣的街头，内心忍不住失落。

　　那些时候我总被失落包围，茫茫然不知所措。

　　突然我的视线被路边人家的电视勾住，其中出现了一个女人，温婉清丽而不失高贵。她从容地走过油亮的木质地板，手端一盆花，镜头定格在她微笑的脸上。徐徐地，她走进排满书的书房。

　　我生生地被吸引了，只觉得她无比眼熟。旁白告诉我，她是我欣赏的女作家铁凝。于是周遭市声落尽，心好像跟着镜头跌进了那个墨香四溢的书房。

我想，她是个有魔力的女人，有魔力是因为她的智慧和高贵。我似乎受了她的牵引，重回书丛。一天天，一年年，阅读逐渐给我力量。

又一个春光明媚的上午，八九点钟的太阳虎虎生威。这样的太阳如果落在拥挤的都市那就不算什么，因为建筑、人群或其他会分它一地阴影。但它当时无遮拦地照在一片广袤的青草地上，光芒万丈，洗练洒脱，灿烂光华。

走在那样的阳光中和草地上，人会由衷地想飞，想打滚，可我没有。中国作协青创会就在这草地尽头的宾馆召开，作为刊物编辑，我要去拜访那些名头很大的作家，请他们赐稿。一路上，我诚惶诚恐。

草地快走完的时候，迎面走来一个女人，逆着光，风姿绰约。我不习惯正面看人，那有"盯"的意味，很不礼貌。何况她肯定是一个陌生人。

但我关注风姿绰约的女人，这似乎是一种本能。在我和她几近要擦肩的瞬间，我抬眼瞅了她，原是单向的瞬间行为，没想到它在完成的时候发生了意外。

对面的女人紧抿红唇，眼睛黝黑透亮，轮廓优美的面部氤氲着宁静而快乐的情绪。那宁静是祥和的宁静，那快乐是饱满得关不住随时要胀裂开来与人分享的快乐。

在我即将收回目光时，她那嘴角嫣然生出一个微笑，真切妩媚，叫人怦然心动。

我准确地接住了这个美丽的微笑，并在她的启发下，迅速地还过去一个。因为被动，多少有些仓皇。我们彼此微笑着擦肩而过，像一对老知交。我看见她的面孔因为波动微微渐红，而我则全身心浸泡在空前的温馨与喜悦里。

　　最初我只是感动于这个美好的早晨邂逅了一个美好的女子，感动于这个女子清冽芬芳似醴泉一样心无纤尘的情怀。继而我发现这女子好生面熟，她的眼神、她的微笑——再回头，她已经走远，走得从容而高贵。

　　我突然醒悟这个赠我微笑的人是铁凝，当时的中国作协副主席，我仰慕已久的大作家。周身的热血散开，混混沌沌的感动澄明下来。等我证实了我的发现，心底的惶惶然已彻底跑开。接下来的拜访我显得非常从容。

　　在这以后，我见过大大小小不少人物，也见过冷冷热热许多面孔。我一直怀念铁凝的微笑，琢磨她微笑的珍贵。每每我从她的作品里读出她的仁爱大气，我就想起那个美丽的早晨她那令我怦然心动的微笑。

　　她对我微笑仅仅是因为她的博爱与平和，不管我认不认识她，喜不喜欢她，是个什么样的人。

　　她笑得那么生动，那么平实，那么暖人。

　　若是凡常人之间多一些这样的眷顾和惠悌，这世界该消融多少怨恨与纷争啊！

# 呼吸王小波

有本书叫《王小波》，里面收录了王小波的五篇随笔，一篇短篇小说、两篇中篇和长篇《寻找无双》。读完，我迷上了这个叫王小波的精神巨人。

某个阶段，这本书始终伴随着我。

它待过我的办公桌、电脑桌和床头柜，并跟我经历过几回长途旅行。我并没有去找过王小波的其他文字，是因为我觉得这本超常激越了我的书，不是我某一阶段能读够的，也许还要经历很多个阶段，也许就是一辈子。

小时候，迫于写作文的危机，每每读到喜欢的句子，一定要大段大段地画出来，以供学习参考。长大后，读的好书多了，很多喜欢的书都是自己的——可以写上名字，签署购买地点和日期，想什么时候看就什么时候看，已经不喜欢小学生那样勾勾画画。

可等我读到这本《王小波》，我久违地心跳加速、感觉沸腾、热血奔涌，那是份难得而忘我的欣喜和激动。我无法再安坐着读，必须抓出笔来，在那些冲击我心灵的文字下面，狠狠地画浪线、加着重号、打标志着"精彩之极"的五角星。

我知道这个人早就不在了，可又怎么样呢，我还是为找到了一个强大的精神知己而豪迈。

有时候出去开会，我知道读不成它，我也一定要将它揣在包里。总是有一些边角料的时间，比如会间无聊的等候，吃饭和寒暄的空隙，我能抽出来，看一行，哪怕几个字，只要是王小波式的疯狂、纯粹、独到、清醒，我的灵魂就饱满得能飞，似乎能呼啦出尘。

我经常因为他的率真和英明，激动得像笼子里的困兽，一个人在书房里走来走去，眉飞色舞。后来我发现，睡不着的午夜，读他的书更有意思。我仿佛回到了菁菁校园，回到了理想如火焰般熊熊燃烧、不知收敛、节制和疲倦的狂热年代。

那时候一切都是无尽的——不仅是青春、梦想、爱情，还包括生命，觉得一切都可以无尽地挥霍、折腾，反正应有尽有嘛。那时候，我也读过《王小波》。可我读不懂，就像我不懂生活会不可逆转地出现危机和岔道一样。

当我开始按部就班地顺服一切时，我庆幸我交遇了王小波。封面有一张他模糊不清的照片，有点帅，有点落拓，当然更引人遗憾和心疼。

关于王小波，我知道人们下过许多经典的、宏大的、深刻的庞杂的言论和定语，我在这里表达对他的喜欢，完全与跟风无关，仅仅是一种情不自禁。

因为他洞见了我作为一个人在成长期为捍卫自己的尊严和精神家园所做的一系列抗争。可喜的是，我在他那里找到了最深的喝彩、理解和支撑。

王小波让我勇敢起来，而且能永远勇敢下去。

我像定期给自己补钙一样，拿出这本书，补一补心力和定力。不管这个世界精彩还是庸常，我依然能保持想要的那分清明和独立，并像孩子一样相信。

其实，我在王小波的精神词典里，体会到最多的是他顽固的童心与天真。我们都迷信"用童心思考世界"。

从这个意义上，我爱《王小波》。

但愿，世上总有王小波这样的精神巨人，他们当之无愧地叫作作家——"作家"是人们在读了他的文字之后发自肺腑的致敬与呼喊，而不是某某机构评定的大红证书，更不是名片和书页上的印刷体。

唯其这样的作家，这样的书，才能真正获得尊严与敬畏。

# 断不了的痴迷与疯狂

连续很多年，一年的结束就是关机，告别一本书的阅读或写作。

新年伊始，兴冲冲地上街，七绕八拐最后还是进了书店。书是我最深的迷醉，这是天生的。

最初撩拨我的书是一本掉了封皮的《聊斋志异》。当年我9岁，整个暑假我或坐或躺晨昏颠倒地读，读得白天不敢一个人进后院，天擦黑就不敢朝外望。

那是我第一次读真正意义上的长篇小说，它在我的阅读史上具有里程碑的意义。从此我喜欢上了砖头样的书，知道里面有不平常的东西。

《聊斋志异》是最具想象力也最能开启读者想象力的一本书。我一直庆幸我最早读了它。而我对它好奇，仅仅因为作者的名字和我哥哥的一样。

长大了反复读的有《红楼梦》《红与黑》《复活》《静静的顿河》《包法利夫人》《唐诗宋词选》等等。反复读是因为总觉得没读完，它们是那么浩瀚与开阔，简直深不可测。任何时候，随便翻一段，就会沉迷进去，绝不厌倦。

而有些书，甚至许多书，是经不起反复读的。读着读着就发现它皮袍下藏着的小来。那滋味就像交了一个品质不端的朋友，会有上当受骗、悔不当初的难受。

我一直觉得，衡量一本书的好坏，是读后能不能记住，能记多久。

多年后的某个下午，我忽然无来由地很想一本书。想起当年读它的馨香与感动，觉得那是最美最不该忘的。仿佛失散的知己，才知道"过尽千帆皆不是""除却巫山不是云"，偏偏又不经意失散了。

我不能原谅当年的粗疏，一家一家书店去找，发了疯一样。

它是女作家聂华苓的《失去的金铃子》。我像要找回自己的心肝一样坚决要找回它。好像找不到它，我就不完整。那是我至今为止读过的最好的成长小说。

细想来，感动我的作品无尽多，可真正让我爱上文学拿起笔写的，就是这位作家的这部作品。它对我有着太多的意义，怎么能够失却?!

那时候没有网购，我定期去书店找，倒是找到了百花文艺出版的聂先生的《三生三世》，从中查出《失去的金铃子》系人民文学出版社1980年出版，此后再无重印。可以想象它近乎绝迹。

我费力地找到《三生三世》的编辑，建议她多出聂先生的作品。

某天与苏童在一个桌上吃饭，知道他曾去过聂华苓的国际写作营，与她有交情，便想他可能有这本书。没想到得到的回答却是"没有"。

无数次碰壁，我依然不死心。

我几乎为它病了。最后还是我的大学老师帮我复印了一本。

难得她细致，不仅装订成册，还加了粉红色卡纸做封面。最娇艳的粉红，一看就是贴身的细软。我一直将它藏在床头柜里，不肯轻易示人。

像炸弹那样彻底摧毁与震撼过我的书是托尔斯泰的《战争与和平》，它非常厚实，想要读完它首先需要长征般的毅力。

那是大学的暑假，为了它我做了宿舍的留守女孩。前五十页，我是强迫自己读完的，进入情节之后就欲罢不能了。真正的废寝忘食，如痴如醉。读完像历了一次险，征服了一座山，过完了长长的一辈子。我对人间的一切似乎都失去了知觉，好久才愿意拿起其他书。

也有二胡样的作品，不管什么时候，想起来那忧伤的琴弦就拉扯在心上，挥之不去。那是台湾文学，其中萧丽红的《千江有水千江月》尤甚。

大学时代，帘子后面突然传出低低的抽泣，掀开才知道她是在为萧作家笔下的悲情故事而伤心。

宿舍里八位一起看了四年小说，心硬也好，心软也罢，最后都难逃为"萧作"一哭。毕业十年，偶尔从网上下载再读，不想还是涕泪纵横。我想它的动人之处就在于书里书外难得的掏心掏肺的真和古雅——古典的语言、古典的情怀，还有古色古香的醇。

我在所有的读物里偏爱传记，反复读的是欧文·斯通描写画家凡·高生平的传记小说《渴望生活》。我在很多场合提过这本书，如果你心里有点安分不了的念想，如果你的理想之光总在跟你捉迷藏，而你的脚步已经疲惫，甚至感到了艰难，你不妨读读它。它能最大限度地告慰你：把梦想不计成败地坚持到底，或者无人喝彩的寂静比热闹还好。

有了女儿，我才知道世上原来有那么多优秀的儿童小说。儿童文学不仅仅是《安徒生童话》与《格林童话》，也不仅仅是黑柳彻子的《窗边的小豆豆》、林海音的《城南旧事》。多少可爱又稚气的童书一夜之间淘气地闯进我的乐园，一时间生命轻盈了，返老还童似的。

童书一如我的养心丸，每当我在成人文学阅读里累得喘不过气来的时候，就会像度假一样翻出喜爱的童书。其实，杰出的童书亦是人类文学创作的尖顶与经典。

孩子们的阅读最好从这里起步，比如《淘气包日记》《好兵帅克》《没头脑和不高兴》等等。不管什么样的性格与处境，我敢保证读它们一定会让你开怀大笑。你会快乐，不仅快乐，从此还懂得寻找快乐。

如果想体会思想的乐趣，一定要读《小王子》《青鸟》《毛毛》那类智慧书。

　　《毛毛》是唯一一本我读了一半再也舍不得读完的书。书中好像伸出一只隐形、奇异的手在重新组装我这个人。它让我兴奋得震惊与害怕——因为读了一半，我就尝试着去写我从未写过的文字。一个无比美妙的世界似乎就在我的对面，隔着一层面纱触手可及。

　　如果你经常大海捞针似的去书店淘宝，经常一个人对着书乐不可支或默默饮泣，你一定能体会个中痴迷与疯狂的幸福，而且越读越痴迷与疯狂，越读越幸福。

# 一只专注于寻觅的猫

这是春日的清晨，阳光越过高楼精神抖擞地照着嫩绿的草地。那一根一根整齐的幼芽，让人想起婴儿香喷喷的新发。树枝虽则还是光秃秃的，可是莫名的优柔，细看，已有绿意在慢慢爬。

树脚枯黄的落叶，经过漫长的一冬糜烂未尽，发出腐臭的以及春天的土壤湿漉漉的腥气。

一只花白的猫，卷翘着尾巴，耸着脊背，全部注意力都涌向它的头部，脖子紧张地缩着，呈锥子的架势，往那层烂叶子上凑着，嗅着。

它在寻觅。

树丛一片寂静，没有老鼠攒动，也没有鱼骨头。不知道它在寻觅什么。那个叼住它的目标代替了整个世界。

清朗的天空，明丽的朝阳，诱人的春色——一切一切，它都忘却。它投入、陶醉、忘我于寻觅中。那高高卷翘的尾巴、皱缩的身躯和进攻状态的大脑让我感动。

生命最迷人的姿态其实就是这样——深深迷恋，默默沉浸。

当我在寻觅小说时，生活或轻或重地裹挟着我，以它一以贯之的速度飞逝，我试图留下来——写作也许是对一去不复返的光阴的对抗和拉锯。

一篇小说在完稿以后，所有的都掏尽了，至少我是这样。那些句子和意味是从我那段或全部的生命中长出来的，带着我的血型和体温。当我把它发给编者，无异于奉上了我的心头肉，有一种撕裂和失却的痛感。

我就是这样小心翼翼地往这个世界发送着自己——所思所想所感所爱，我的经验和光阴。

有时候，为表达的无力感而懊恼，有时候又为文字涌出的新生命而欣喜。多数时候我生活在写作的悲喜里。

每篇小说的到来都像一根刺戳住了我，我把它融化成一粒种子静静孕育，等过漫长的时日，等到合适的土壤，它终于破土萌芽，与我一分为二，独立于世。

这些年我经历着这样的变异，反反复复，也许我是在试图去粗取精，变废为宝，为以后的生命，为以后的世界。

也许文字真的可以使世界最终变得美好又洁净。

# 心灵的火焰

独自看默片《艺术家》，当落魄的艺术家点燃绝望的火焰燃烧自己的作品准备自尽时，那股可怕的烟火也烫醒了银幕外的我。

我能理解他的灰暗、羸弱、迷茫、无力、悲催、绝望、孤寂，接近于死的寂寞与恐惧。可是我们就这样屈服吗？

当生活不如意，当这个世界遗忘了你，扼杀了你，你就屈服吗？

这种"自焚"并不陌生。

他对着街头橱窗凝视异样的自我，那种痛心、苦闷、震惊、觉醒，我也经历过。每个灵魂枯死的过程都是相似的，管他是艺术家还是贫儿。

生活不会改变，或者生活是刚硬的。你羸弱、妥协、退让，它只会听之任之，没有多少人有那样一个机灵忠诚的伙伴，哪怕是一条深情的小狗。也没有多少人在绝望的谷底恰好还有一份坚贞纯洁的爱情等在那里。有时候银幕下的世界更悲凉更枯寂。

燃烧心灵的火焰吧！努力让它发出光芒，只有自己明亮欢快、无坚不摧，才能对抗黑暗，才叫不屈。

孤寂会产生一种毒素，它慢慢地侵害、破碎生命。但只要一转念，我们就可以摆脱，从它的桎梏里获得新生。复活吧，是人就得学会用那自焚的火去燃灭绝望。

　　漫长、寂静、琐碎的生活在考验我们的灵魂，到底有多少力量可以重生，有多少爱可以复燃？

　　刻在石头上的鲁迅说，石在，火种就不会熄灭。

　　我理解先生说的"石"是一种希望，一种信念，一种不怕淹没不怕失败不怕诽谤不怕否定不怕扼杀不怕抛弃的、必胜的、骄傲的信念。

　　一个人看默片，看得流泪、尖叫、撕心裂肺，然后死里逃生，从悲剧里获得莫大的温暖与鼓舞。

　　好作品就是这样，它抚摸到了我们最深处的面孔，包括伤痕与泪迹，它们被亲吻了，拯救了，然后焕然一新。

# 红 玫 瑰

我几乎每天都在写作，有时候做梦也写，醒来脑子里全是文字，一页一页。散步的时候，偶尔也会思路活跃，可惜我没有一部脑部录音笔，否则我早就写出好作品了。

我从没担心过小说爽约。起初一天写一万字。2007 年，读完鲁迅文学院，我写得越来越慢，慢是因为难。现在我早已习惯被小说折磨。如果一个作品没把我逼至绝境，我会怀疑它的价值。

写作之初，我就知道我要写"小证人"。我一直在训练自己，写完觉得，即使以后一个字不写，也不会忐忑。这并不是说我对《小证人》满意，但是重写未必更好。我只能说我尽力了。

每完成一个作品我会竭尽全力。我一本接一本地写，是想下一本再写得好点儿。

二十多年来，我的小说创作从"很内部的我"逐渐打开，走向外部更广阔的世界。我习惯把个人的情感嫁接在现实的土壤上，我的也是大家的，世界的。《因为爸爸》写了四年，花的力气远远超过《小证人》。当我写不下去时，就一次次回看英烈的葬礼，看孤儿寡母们的眼泪。我觉得我可以写得很差，但我绝不能不写。我想让孩子们，让这个世界看见这群人。

接下来四年，我完成了留守儿童和基层民警之间"爱的共生"的长篇小说《我叫乐豆》。因为距离题材太近，创作超出想象的艰难，当时想写完就搁笔度假。

事实上，交稿三天就应邀深入淮安新安小学采访"民族解放小号手"新安旅行团。无疑，《中国少年》是我写得最难的一个长篇，好在有不怕苦不怕难的新旅精神鼓舞，加上《人民文学》和江苏少儿社两方优质的编辑团队鼓劲。今天小读者对《中国少年》，对新安旅行团那种由衷的迷恋与喜欢，终成安慰。

我的小说写了我对这个世界的感受、认识和希望。我相信儿童文学是"将爱和理想根植于儿童心灵来建立人类社会美好与安详、和平与幸福"的文学，也是能将地球人尽早带入真善美理想之境的文学。

人世间我最爱文学艺术和孩子，有文艺和孩子的地方对我来说就是天堂。我沉迷于小说艺术的追求，更想捍卫孩子们的心灵世界。就像麦田守望者，我好像一直在为孩子们跟成人世界沟通、辩护。我相信，有些小心灵的声音就像石头下面试图冒芽儿的小草。很多时候我不是纯粹地写小说，而是想伸出双臂，帮孩子们撑开压顶而来的巨石。

小说把我带离个人的现实，向着生活深阔之处飞翔。"我"的世界越来越简单，我把我自己退到不能再退，减到不能再减。我在为我的小说腾空间。年复一年，我寻觅、挖掘、牧养我笔下的人物，我要他们站出来，张开嘴巴，发出自己的声音。

写小说是我进入现实的方式，又是我逃离现实的方式，我在小说里求证、申诉、歌咏，我想把那些柔弱的、幽暗的、颤抖的心灵扶正，我企图带他们抵达阳光彼岸。

有时候他们的苦痛正好也是我的，做起来会容易些，比如《天天向上小茉莉》《小证人》等。有时候我离他们有点远，比如《龙卷风》《因为爸爸》《池边的鹅》《我叫乐豆》《中国少年》。我必须跨越万难，努力靠近。

　　我的动力就是他们凝结在我心头无法挥发的眼泪，以及他们穿透乌云亮出金边的如朝阳如彩虹般的生命力量。

　　我反反复复看采访资料，看他们哭和笑，我要让我心疼，我要让我无法释怀、坐立不安，直到我用文字牵住了他们的手，或者我们手足连体。

　　我渴望我的写作能够终止我意识到的危机与问题。我总想写出新的东西。早年我喜欢正面强攻。生活让我慢慢领悟，光来了黑暗不攻自破。近些年，我迷上了点灯和寻光。可以说从《飞翔，哪怕翅膀断了心》到《中国少年》，我拐了一个又一个弯。

　　犹记得创作《我叫乐豆》《因为爸爸》获得各种掌声，我需要牢牢地关闭心灵，静静地面对那些幼弱病残的孩子，他们在寂静的乡间冲我寒凉地微笑。而写完《中国少年》，一年多也回不了魂，一遍遍在南京的街头看见1935年的他们欢天喜地向我走来。

　　一年又一年，我像西西弗斯推巨石上山，我在写作的苦役中找到了生的力量和心的安宁。我的时光变成了一本本书。我的书就是我的生命册。很遗憾，我写了这么久依然在黑暗中摸索。我的写作毫无技法和经验，因为我一直不能从理性开始。我靠感觉，永恒不变地在小说黑漆的荒野，一天天等待、寻觅、挖掘。

　　在我走不下去的时候，有幸读到大江健三郎的作品，他说："还是需要每天进行工作，在持续工作的基础上不断积累，而且一遍遍进行修改，进而形成小说的梗概，就这样每天持续写作，持续修改，小说从而被创作出来。"

　　每篇小说的征程多长我不知道。我在《天天向上小茉莉》的后记中写道：如果2003年决意要写的时候，知道这个计划要到2009年画句号，我想我是不会开始的。

　　我迷上拓荒般的写作，难度让我痛苦、沉迷和饱足。没有重度精神劳动的日子我会特别不安。毫无疑问，没有写作我无法生活。或者说我是一个病人，创作是灵药，让我瞬间成为康健奔跑的勇士。

每当我穷尽一切而小说终于完成的那一刻，我仿佛看到了生命的红玫瑰，那是我生命的废墟上开出来的花朵。

小说是创作者的冰山一角，幕后需要投入和付出的实在太多太杂。我感觉小说的质地取决于作者对世界坦诚和无私的程度。是隔岸观火用脑子和聪明写，还是用心、用血、用汗、用生命的全部慷慨就义、毫无保留地写……我认为这些都是小说最后样貌的关键。

我喜欢读那种看见作家骨子里的火热与哀痛的作品。我感觉自己的创作，经历了从"尽量贴着地面写"到"完全躺倒，让现实的车轮轰轰烈烈地碾压过我的胸膛"的转变。小说要我付出的东西越来越巨大，前年写短篇小说《广场上的鞋》，居然写到心脏不舒服，真是肝肠寸断，又痛快淋漓。

创作要求我"倒空自己，装满他者"，从为我心的艺术，到为人民、为世界、为未来的艺术。

这个"为"不是出于牺牲，完全是出于感恩。因为这个世界上始终有无数伟大的灵魂照亮、陪伴着我。

小说是我的安魂曲，是生命的红玫瑰。假如小说是潮水，我就是岸上的石。她波涛汹涌向我袭来，经年累月地将我雕塑。我们互为密友，我总在等待她的到来。她多变、神秘。我被她折磨得筋疲力尽，却渴望被更多地、永远地折磨下去。我爱小说别无他求，或者也可以说我是为小说而精益求精地活着。

# 我祈祷，那没有伤痕的童年

八九岁的时候，我帮大人们打过一个漫长而复杂的官司。我是小证人，对立面太强大了，强大到可以左右一个村子的大人小孩对我的态度。

我没有经历过"文化大革命"，但我每每读到那个时期的作品，就会有彻骨的理解。我尝过那种被集体疏远、排斥、仇视与欺凌的滋味。那段日子持续了三年，它像冰雹一样匆匆结束了我的童年——人生无忧无虑的春天就那样夭折，从此冰封我的整个少年和青春期。

即使这样，我从不怀疑人性的美好与温暖，那时候我还是遇到了一些好心人。比如那个戴大盖帽的警察。他声音洪亮，面颊通红，乌黑的眉毛下面，眼神像剑一样锋利。可他望着我却格外柔和。他不随便说话，非常严肃。

有一次他去学校找我录完口供，走进我们班为我说了很长一串好话。当然也对另外一些人发了狠。我至今仍记得他大义凛然的样子。那是非常有效的一场讲话，也是别具诗意的一个行为。当然除他之外，还有许多力量，星星点点，或明或暗，温暖着我们。

官司赢了，我却变成一个孤寂的小孩。出于对我的保护，家人把我转移到另外一个陌生的乡镇读初中。没人知道，我心底的安全感和幸福感没了。我渴望摆脱那种无处不在的恐慌，我希望重建精神家园。像泅渡一片海，我所要抵达的岸是大学。因为只有大学，才能让我彻底离开，永远离开。

在别的同学尚需父母和老师鞭策的时候，我已经主动揪住了读书这根救命稻草，死死地，不遗余力。

生活无处不埋伏着戏剧，等读完大学，我居然当上了警察。我做梦也没想过有一天我会面对成堆成堆的卷宗，面对各式各样的案件、被害人、证人和犯罪嫌疑人。跟别人不同的是，我总是格外关注案件后面的孩子——哪怕他们不是主角，只要与案件相关。我就知道，在他们貌似平静或不平静的外表下面，一定挣扎着一颗破碎的心。

我相信我比任何人都懂他们。

那年我采访了一个长期忍受家暴进而毒死丈夫的村妇，她瘦小病弱，戴着手铐，不时撩起衣襟揭示那些触目惊心的伤。等我问及她的孩子，那个刚刚还为自己喊冤叫屈的女人，突然像中弹的小鸟，号啕着瘫在地上，疯了样不管不顾以头抢地。

她的两个孩子正在读小学，在她被带上警车的时候，兄妹俩哭着追出村子很远……我把这些细节反复讲给办案的人听，不知是不是他们也动了恻隐之心，因为那两个孩子，后来她被判为死缓。

曾经见过一个十五岁吸毒的男孩。我们敲开门的时候，他手忙脚乱地把毒品冲进了马桶，然后耗子样蹲在墙角，把头埋在臂弯里。

我们把他带进派出所，给他泡方便面，温和地开导他。最后他说："我父母离婚了。"

这是他给出的唯一的答案，好像也是理由。至于他在父母破碎的关系里究竟受了多少煎熬，精神和肉体被抛荒得多凄凉，谁也不知道，他也不肯说。

后来我们又抓来一批盲流小偷，一溜排十一二岁的孩子，黑黑的，瘦瘦小小的，脏得像一群垃圾堆上的老鼠。

"你们平常住哪里？"

"哪里都住过，桥洞、屋檐、垃圾站……能遮风挡雨就行。"

"为什么离开家？"

"嘿嘿……"他们你推我搡地坏笑，可能觉得我的问题很幼稚。

"吃什么呢？"

"到垃圾堆上捡，捡不到就偷。"

实际上，这些孩子大部分都是靠偷盗生存，有的还被一些不法组织控制着。他们油腔滑调，即使被抓进派出所也毫无恐惧，因为很多都是"回头客"。

他们安慰我说："放心吧，老一套，他们会把我们送到收容站。"

"以后呢？"

"收容站用一辆大卡车遣送我们回家。我们这些人在外面自由惯了，谁愿意回家（其实很多人没有家）？随便瞎说一个地方呗，卡车开到那里就把我们赶下来。"

为了深入了解这个群体，后来我专门去了收容站。那是一个晴朗的午后，我穿着蜜黄色的大衣。上了楼梯，对面一群盲流就拥挤在窗口，朝我不怀好意地吹口哨。

他们刁难我，讽刺我是大慈善家，说："你要真慈善，就去给我们买包烟来。"

他们正做出种种玩世不恭的样子。

等我问到他们的童年，说起流浪路上的饥饿、寒冷、挨打、受骗、被害，泪水就从他们过早憔悴的脸上蜿蜒着滑落。他们的声音开始颤抖，鼻子激烈地呼吸。

原来他们有的父母病故，有的父母离异，也有的父母性格怪异。交流到深处，他们真切地哀伤，毫无保留地流露出辛酸与苦涩，尤其是谈及各自未来的时候。

我可以清晰地看出他们内心深处的伤痕、煎熬、挣扎和茫然。刁钻油滑不过是他们脆弱的外衣，稍加撩拨，童真和软弱就显山露水了。

当时是冬天，我给一个光脚的孩子钱，让他去买双鞋。

工作人员笑我说："你被他们骗了。"

我不信，回头看，那得了钱的孩子果然在朝我做鬼脸，手上还提着一双灰蒙蒙的鞋。

我不知该用什么词来形容我当时的感受。不过令我震惊的倒不是这些，而是他们这个群体精神危机与生命危机并存的可怕——杀戮、犯罪、弱肉强食以及疾病如影随形地困扰着他们。

报纸上连载了一个小女盲流被杀抛尸铁轨的案子。那个嚷嚷要抽烟的家伙，看上去顶多十三四岁，他诡秘地告诉我，他知道案子是谁干的，以及他们为什么杀小女孩。他声称小女孩曾是他的女友。

我的心再也不能平静，我不知道怎么救助他们，除了写报告文学，我不知道需要多大一间温室，需要多少人的爱心与耐心，他们才能一一得以矫正。否则，长此以往，他们一生悲惨不说，早晚也是社会的祸患。

后来我相继走进了监狱、少管所、戒毒所等地方，接触了越来越多的问题孩子和问题大人。我发现，在他们的心灵深处，都有一个伤痕累累的童年，像一个不知疲倦、嘤嘤哭泣的小人儿，潜伏在他们的心底，无止境地索要母爱、父爱、社会和命运之爱。

几乎所有的犯罪都是这个病态的小人儿引发的。就像感染了某种病毒，不及时医治必然危及生命一样，儿童期和少年期的精神创伤险恶无比，后患无穷。

我不能自已地关注着各种各样非健康生存和违法犯罪的青少年。每次沉浸到一个不幸的命运里，我都会痛得难以自拔，就像重感冒吃退烧药。我的报告文学写得痛快淋漓，人却是被掏空了般虚弱。

我看见悲剧的因子正存在于我们的社会肌体里，隐藏于我们的家庭中，甚或生发在老师们的口舌之间。大人们永远是强势的，弱势的只是孩子。

童年伤痕来自父母，来自家庭，也来自社会，更来自我们自身的放弃和软弱。

我想通过文字告诉孩子们：哪怕命运给予凄风冷雨，只要心存希望，选择坚强，勇敢飞翔，就没有等不来的春天。

那回，我去采访一个因公牺牲的警察家庭，他尚且年轻的妻子一时回不过魂来，心里眼里全是昔日的恩爱和今日的诀别。

她十岁的女儿不时地帮她擦眼泪，伤心起来也跟着呜咽两声。但到底才十岁，不哭的时候女孩就在我们之间蹦蹦跳跳玩娃娃。时值大中午了，早过了午饭时间。小女孩过来摇摇妈妈，说："我饿了。"

她妈妈朝她挥了下手，小女孩就蹦进厨房。接着我看见她踮起脚尖掀开锅盖，给自己煮方便面。

这一幕一直刻在我心上。我想，从那一刻起，那孩子就真正长大成人了。在这之前，或许她只是一个躺在爸爸妈妈怀里撒娇的小女孩。

人生无常，我们谁也无法逃避生活中各式各样错位的安排，难怪冰心奶奶要说："母亲啊！你是荷叶，我是红莲，心中的雨点来了，除了你，谁是我无遮拦天空下的荫蔽……"

终有一天，荷叶样的父爱母爱也是要失却的呀。所以我们不能忘记那个最可能永久依靠的自己。

人生的挑战和考验我们不能减却，但我们可以练习应战。为此，当出版社将这组报告文学合集出版的时候，我坚持以"飞翔，哪怕翅膀断了心"为标题。

这是李野的座右铭。

十六岁的李野意外遭遇歹徒，被砍、毁容、受伤、惊吓，形形色色的阴影交错在她身上。拨通她的电话之前，我确实有些忐忑。谁料两个多小时的采访，我一直在听她若无其事地叙述，中间夹带着她的俏皮话和欢笑。

李野的昂扬感染了我，我认为我遇到了一个能量巨人。我希望她的座右铭成为更多人的座右铭。

《飞翔，哪怕翅膀断了心》出版之后，我首先回到了家乡。我突然非常想回报那片给过我特殊童年的土地，我开始感激当年的那些经历。在我上下求索的日子里，它们早已化作我生命里价值无比的煤。

从家乡出发，《飞翔，哪怕翅膀断了心》飞进了许多中学，最后飞到中国小作家协会第二次代表大会上。

小作家们能一口气报出全书的目录。因为这些文章，她们早已认定我这个大姐姐。她们一群群地来看我，有的来采访——他们的采访稿刊登在《中学生报》上；有的来谈心，我们一起谈文学，谈创作，谈生活的种种苦恼。孩子们激情奔放，他们给我留言，跟我合影，要求签名，好不热闹。

深夜，我把那群可爱的小麻雀送出房间。在幽暗的楼梯口道别，突然一个文静内向一直找不到机会说话的小姑娘从人群里玲珑地走上来，往我怀里一扑，轻婉动人地说："青辰姐姐，以后你要多给我们写文章啊。每次看到你的名字和文章，我都特别高兴，好像终于听到一个可亲的人说话了。"

那深情的一扑，稚气的声音，娇滴滴仿佛一颗泪珠儿就要滚下来的可爱语气，无不让我动容。仿佛万籁俱寂中夜莺的一声轻啼，每每想来，心头便一揪，写作的劲头和责任也不觉重了。我怎么敢让那么纯粹的深情失望，我怎么能够停止跟他们说话？

前些年，我终于联系上了那位护卫我童年的戴大盖帽的警察。古稀之年的他依旧声如洪钟，心气还是那么开阔。

我特地告诉他："我当了警察。"只是没提给孩子们写作的事。他一定想不到，我把他当年对我的爱，当成了一辈子的事业。

# 音乐的耳朵

生活在嘈杂中，只能选择在音乐里写作。

起初听《流淌的歌声》，一个颇深沉的男低音和两个女中音，以柔曼节奏将老歌一一唱来。最大的惊奇是他们唱《崖畔上开花》，小时候听妈妈唱过——

黄河岸上灵芝草

哥哥你人穷生得好

干妹子好来实在是好

走起来好像水上漂

…………

这首歌是妈妈从一场民间婚礼上听来的，好像那是她最喜欢的歌。

不知不觉，我习惯了循着音乐进入文字世界，然后忘却音乐，忘却世界，只剩下文字。

听恩雅是夏日午后，女儿念幼儿园，先生上专案。那时候年轻，生命也娇嫩，心常常空寂。恩雅抚慰了我，给了我前所未有的温暖，我像一个迷路的孩子蓦然回首寻到了家。我哭了，第一次被音乐抚摸，很痛很幸福地哭。

后来买了好多恩雅，最喜欢的仍是《水印》。"非典"时期，听着它写出长篇小说《水印》。

由此我喜欢上了异域歌曲，常到音像店淘，把大学时代的那套欧美金唱盘、班得瑞听了个遍。其中一首《柠檬树》我很喜欢，每每被它带进创作，听的时候身心特别欢快。和它在一起的是一首拍手歌《全美国最快乐的女孩》，是许多人和声唱的。此曲在碟片最后，我沉浸在故事深处的时候总能听到它，每每那时候我就会探出"水面"来松口气。

那阶段收获了法国的保罗·莫里哀、维也纳的天才少年和声组合、日本的钢琴曲《白日梦》。《白日梦》，从2008年听到2009年，陪我改完《天天向上小茉莉》。

音乐培养我聆听音乐的耳朵，就像写作教会我写作一样。

2010年春天，我迷上了纯粹的交响乐，非得交响乐才能使我安宁，才能写。我挨个地听贝多芬、海顿、舒伯特、肖邦。

偶尔换成《流淌的歌声》，听到其中的人声就有一种说不出的烦躁，觉得受到俗世的干扰和局限。原来交响乐的妙处，正是它能给灵感以无形的引领和启迪。

间或听绢子唱《山谷里的花朵》，其实不叫唱，她只是在哼，没有歌词，或者歌词不重要。弘一大师的音乐也空灵，最喜欢的仍是《送别》。一时间找到许多空灵的歌带。但是真正写小说，还得听什么都有什么都没有的交响乐。

当年下基层，听到《月满西楼》，久违地喜欢，迷了两个星期，后来迷它前面的一首叫《泪的小花》。这两首优柔至极的歌伴我写出了阳刚的长篇报告文学《使者》。

深秋回老家，在宾馆听到街头舞台上唱《烟花三月下扬州》，隔着雨帘与楼群侧耳听，伏在床上把歌词困难地记下来。原来人到中年，仍和儿时一样，喜欢一首歌便夜不能寐。

曾经短暂地喜欢过蔡琴，但是很奇怪，一听她的音乐，我就会陷于莫大的抑郁，非要强大的快乐作支撑不可。说到底我还是更喜欢纯音乐，因为无邪空旷，才会邂逅真正的浪漫。

2010 年冬夜，在宁海路那家我常去的音像店，老伙计向我推荐："这张不错，很安静的。"

那张碟很久才打开，等我听出他就是我最需要的声音，自传体小说《小证人》已写下一半。我决定一切都暂停，从 2010 年到 2011 年。特别是 2011 年，我对现实完全处于隔膜的状态。所有人都感觉到了我的疏离与冷漠，我的种种不在场，特别是爱我的亲人。而他们又知道，我在我的小说里。

75 岁的母亲给我打电话，每次都要谨慎地选择时间，小心翼翼地问："你好了吗，有没有空？"

我一次次在心里对他们说对不起。我第一次这样，也许是最后一次。

我关起了所有的门，而笔下的小说给我预备了一个越来越宽敞、越来越宏阔的世界，一个真正有生命的人间。

我喜欢创作，这一点毋庸置疑。从 2000 年开始，我写了十多本书，每次都很投入和忘我。但《小证人》还是和以往不同，它活生生的，像一片停不下来的息壤。

即使在那样专注的情况下，我还是决定拿出一点精力，去寻找这个钢琴后面的人。就像痴迷文学一样，我迷上了他那些空寂到自然的梦呓、发呆、漫无目的的散步、逐渐纲举目张的弹奏。

我迷他到不能脱身，必须反复听。他的古典钢琴简直就是在探索我的意识。

一年来，我的写作必须在他漫不经心、若有若无的音乐中进入，我跟着他发呆、寻觅、沉迷、物我两忘。时常我进入叙述的高潮，而他的手指也渐入佳境。他一定是个钢琴上的小说家。他的演奏契合着我创作的节奏，不多也不少。我的手指在键盘上敲击的轻重缓急时常和他一致到极点。这时候再听肖邦和贝多芬，就嫌闹。

我曾听过许多宁静的音乐，包括种种小夜曲，唯独与他最契合。多少次我疲惫、麻木、困顿、迷惘，简直一步也走不下去了。是他的演绎——他和我在同步地痛苦、摸索、试探。只是他在旋律里，我在文字里。

当我冲破黑暗，找到那稍纵即逝最美妙的光明——人世间绝不会存在或达到的幸福和愉悦时，我真像拥抱最深的老朋友一样紧紧拥抱着这个人。

新伙计和我一样不认识光盘上的外文签名。光盘上除了几个数字我们读得出来外，其他的都不懂。也许真是上天助我，在我穷途末路打算失望而归的时候，老伙计驾着摩托车来了。

"鲁宾斯坦！跟我来。"他大手一挥。

音像店在师大对面，师大有著名的音乐系。几个年轻人听了他的话纷纷朝我望。其中一个黑衣男孩笑起来："现在还有人听鲁宾斯坦？"

我买下了他全部的作品，回来搜索鲁宾斯坦，读到他一生的光辉与低迷，才知道他是古典钢琴演奏的大师。他是个天才少年，模仿李斯特惟妙惟肖，想拜李斯特为师，不想被严词拒绝。李斯特说："我认为天才是不需要向人摇尾乞怜的。"此后他向自己寻索力量，逐渐成为一代大师。

我似乎能理解他的追求和寂寞，包括他的苦涩、孤独，他那卓尔不群、独立于世的心志。有这样的天行者相伴还会感到黑暗和无助吗？生活中再多的不解、冷落、诽谤、背叛算什么。

支撑鲁宾斯坦的最终是音乐，支撑我的是随音乐流淌的文字。

　　一晃听他已经十年，但凡进入创作，必须是他，非他莫属，换谁都不行。靠着他神奇的手指，我在写作的迷宫里进进出出。我们无从相见相识，但我们并不陌生，也许这就是一切艺术的魅力。

# 听，潜鸟在鸣叫

阅读中国儿童文学，最愉悦温馨的记忆莫过于阅读郑春华的作品。我始终觉得郑春华是中国儿童文学最会写幼童的作家。她的很多作品我都是在书店站着一口气读完的，且弥久不忘。

那年春节，我在写《因为爸爸》，春华在写"小露珠"系列，我们在一个很热闹的地方喝茶。

说到尽情处，春华像孩子一样大笑、手舞足蹈，或者泪目凝噎，转而露出小酒窝，扑闪着大眼睛大段吟诵。感谢上天赐予人间这样的天使，那么会写作，她又那么致力、倾情于写作，温柔坚定又自由悲悯。我感觉她是一团燃烧的晶体，她滚烫的激情使得我也周身滚烫。

"有时候感觉很好，若太自我只能放弃，因为我不是写给同龄人读的，而是写给小读者的。"

在春华创作如日中天的壮年，鲜花、奖杯将她环绕，市场上她的作品以及各种模仿她的作品铺天盖地，春华却背过身去，把目光投注于静静在泥泞与幽暗中奋斗的芸芸众生。她书写的一颗颗委屈、疼痛但向上、快乐的小心灵清清亮亮，一如露珠。

他们无畏风雨，奋力奔跑，寻索美好，并以孩子特有的勇气感动和改变着身边的大人。照亮大世界的小露珠美如宝玉。我想春华的这颗慈母之心是见不得他们"被遮蔽与被漠视的"，她要还他们公平合理与美好光灿。聊天中，春华谈及她的母亲："她是一位特别具有同情心和正义感的人。"

春华主张"生命平等且蒙爱"的思想，这在《大头儿子和小头爸爸》中俯拾皆是，比如大头儿子全家给流浪的小鸟儿预备除夕大餐等。在"重量级"的主题创作中，她以悲悯为遥远底色，以精湛的笔法追求极简与天真，柔软处一如幼儿铅笔画，深刻处却见刺绣功夫。常常是书中的孩子欢天喜地，而书外的读者泪流满面。

最初读《大眼睛》，我是那么小心翼翼又全神贯注。不是我主动这样，而是文学力量使然。不管身处何境，一读春华的小说，芜杂的外部世界就自动消失。两页读下来，我的心就提到了手上。"大眼睛"一出场，我的心如同针刺。

"大眼睛"回回都低着头，她的嘴巴几乎只用来唱歌，唱着她对这个世界简单而恒久、逆来顺受的喜欢。

"我们"是跑来跑去、叽叽喳喳、颇有优越感的健康孩子。"我们"抱着洋娃娃下楼撒欢，便让"大眼睛"帮忙抱洋娃娃。一个简单的"抱"，春华安排"我们"无情地命令她先洗干净手——一切都是孩子的天然情态，可是戏剧冲突暗中强烈："大眼睛"越乖，"我们"越坏。而"我们"的坏，她又拿捏得自然精确。书中这样写道：

> 我们出去玩了很久很久，玩得满头大汗，回来却发现"大眼睛"的鼻涕拖在发紫的嘴唇上面，她紧抱着布娃娃的手冻得通红，好像还微微发抖。

这几句话够厉害了，春华继续写道：

> 我们接过洋娃娃，再把两串气球递给了"大眼睛"。

一般作家写到此就很好了，可是春华要批判，她另起一行，简简单单加一句：

　　　　气球我们不要了。

七个字飞镖一样射过来，写尽"我们"没心没肺、居高临下和"大眼睛"叫人心疼的弱势无奈，炎凉滋味无限。

"大眼睛"智残心柔，空白的内心满是对美好的眷念和渴望。她上了一个月学，只学会写 1 和 2。她只会做很少的事，比如唱歌，于是她在每个镜头里都在唱。弹搓衣板唱、教洋娃娃唱——当秋游的"我们"统统把她忘了，她却念着"我们"的名字唱。

"我们"找她玩，更多是想找她帮忙：抱洋娃娃、当箭靶子、捡牌、去雨中当洋娃娃的雨衣模特——"大眼睛"乐此不疲，因为她把这些当成珍贵的友谊。她不离不弃地当着"我们"的朋友，最后却遭遇抛弃，险些失踪。

春华用一双像天空一样真、比"我们"慢一拍、拙一点甚至有点盲的大眼睛，一清二楚地照见"我们的小眼睛"看不大清的自私任性，当然还有未曾泯灭的童真和良知。

在"小眼睛"与"大眼睛"的反复对焦对视之下，终于，"我们"心灵深处沉睡的大眼睛缓缓睁开了。一双明亮、清澈、仁慈的慧眼才是作家要赠送我们的礼物。

有了这双慧眼，"我们"就能真正把"大眼睛"当成好朋友，"我们"会真心靠近她，平等爱她，和她一起玩，心疼她孤单寂寞，相信她，把洋娃娃给她保管，甚至用一生牵挂、祝福"大眼睛"。

"我们"的转变是全书的光芒，也是读者的希望、信心之所在。我们正因为有自知，能自制，能不断地修复、提升，学会包容、接纳、尊重，生命才渐次发生美丽的蜕变。

当走失的"大眼睛"幸运地被门卫带回来后——

　　我一下坐到小凳子上，忽然觉得心里憋了很久很久，很想
现在哭出来，但我没有，我忍住了。

作品中，"我忍住了"是了悟儿童灵魂的春华之妙笔，也许换个作家写，这里的"我"就哭得稀里哗啦了。作品外，这场愧疚的哭泣埋在作家生命中，直到长出这本"爱心书"。我似乎听到书外音说："谁说我们没有把'大眼睛'当朋友，只是当年我们不懂而已。"

春华在后记中写道："如果在我们很小的时候，身边的大人乃至整个社会给予我们一种态度，一种平等的、不带歧视对待残障人士的态度，那将在我们幼小的心灵中种下一颗温暖的种子，我们就不会那么冷漠地对待一个跟我们有点不一样的生命。"

阅读《大眼睛》，我的内心一路芒刺，周身阵阵出汗。我会觉得我就是那两个"小眼睛"，同时我也是"大眼睛"，我羞愧、内疚、痛苦，直到最后跟着主人翁一起升华、光明、安息。

我一直认为，能唤醒心灵的"大眼睛"、提升灵魂、美善生命的阅读才是有价值的阅读。获得诺贝尔文学奖的尤金·奥尼尔说："我们生而破碎，用活着来修修补补。"我认为读书是最好的自我修补。而能给我们提供修补能量的图书显然是个中经典。

读春华的"小露珠"系列，我忍不住想起罗伯特·勃莱的一首诗：

从远远的无遮拦的湖泊中心

潜鸟的鸣叫升起来

那是拥有很少东西人的呼喊

# 揭　　牌

那是一场非常隆重的揭牌仪式。

猩红地毯铺出五百平方米的露天会场，高背椅清一色地包裹着深蓝金丝绒，椅背挽着金色的蝴蝶结，高贵、典雅，像一群期待舞会的盛装贵夫人。猩红地毯一直延伸到路沿。

来宾们一下车，穿旗袍的礼仪小姐像彩蝶一样上前献花引路。主席台上音乐如瀑，年轻的长发姑娘们将二胡与小提琴拉出很炫的感觉。小学生们排着整齐的队伍夹道欢迎，场面热烈，气氛火爆。

中国作家协会儿童文学写作基地与省作家协会写作基地揭牌仪式正式开始。所在地的市长、镇长上台慷慨陈词，中国作协儿委会的领导们现场赋诗，作家们按捺不住，纷纷登台献词。台上台下激情澎湃，掌声与欢呼一浪高过一浪，盛况空前。大家深信，这里将是灵感的乐园、杰作的摇篮，美好的前景和那巍峨的写作大厦一起，马上就要拔地而起。

正是骄阳似火的季节，热浪无遮拦地四面攻击。稍坐片刻，大家便挥汗如雨。爱美的女士们扛不住了，纷纷撑开太阳伞，黄的、红的、粉的——像次第盛开的花朵。伶俐的礼仪小姐赶紧给前台的专家领导们送伞遮阳。

五百平方米的红地毯上，顿时成了伞的海洋。

骄阳热情不减，现场气氛不断升温，演员们适时地推波助澜，高潮一波接一波，会场掌声如潮。

　　来宾们撑着伞不方便鼓掌，掌声稀稀拉拉，远不如后面站着的小学生。他们光着脑袋立正在毒日头下，没有树荫，更没有太阳伞，汗水浸湿了衣衫不算，脸晒得像一个个熟柿子，真担心会晒得裂开来。尽管遭遇曝晒，可他们始终站得毕恭毕敬，掌声认真而热烈，没有丝毫敷衍。

　　大概觉得孩子们可爱，每每掌声从后面响起，作家们就笑着回头望。

　　掌声乐声最后一齐爆发，紫铜色的写作基地牌子终于揭去了神秘的面纱，礼花鞭炮让庆典到达巅峰，领导宣布仪式结束。作家们从高背椅上站起来。小学生们迅速站成两列，他们还有最后一项任务：夹道鼓掌欢送。

　　等来宾坐进空调车，小学生们才排着两条长龙样的队伍步行撤退。

　　可能是被晒昏了吧，也可能是兴奋过度，上车后大家都有些疲倦，一个个靠在椅背上闭目养神。车厢内一片寂静。这时候，一个苍老而又温暖的声音呷嘴轻轻念叨："啊？孩子们就这样走了？他们站了一上午，空手走了，唉！"

　　深深的叹息，心疼的语气，完全是在责备自己。这位是深受孩子们拥戴与喜爱的儿童文学作家金波老师。七十开外的他，手扶车窗，花白的头发在风中摇曳，他恋恋不舍地目送着孩子们，不住地轻声自责："就这样走了，真该对孩子们说点什么，或者带点书给他们。"

　　一车的儿童文学作家纷纷趴到车窗上去看那些孩子，仿佛他们的注目能弥补些什么。

　　有声音跟着金波老师感叹：

　　"是啊，早知道我们带些书给他们。"

　　"哎，刚才发言的人要是提一提他们多好，哪怕给他们点掌声也好啊。毕竟这里是儿童文学写作基地，他们才是活动的贵宾呢。"

"这前不着村后不着店的，还不知道要走多远的路！"

车厢里七嘴八舌，这份迟到的心疼和惋惜比任何一次创作都谈得热烈。汽车一溜烟就把孩子们的队伍远远甩到后面。有人探出窗外遥相挥手，还有人趴在窗口一直朝后望。

金波老师早已回到座位上，他静静地听着，面带微笑不再言语。车厢里渐渐又恢复了寂静，因为思索，这寂静变得辽阔而深远。

静默中我的心头豁然一亮，金波老师无意中的念叨，犹如一场真正意义上的揭牌：我们该怎样做一个儿童文学作家——真心真意地爱孩子，无时无刻不想着孩子，始终体恤，永远关注，哪怕是不经意的忽略也不妥。就像金波老师诗中所写："我所爱的每一个人都是我的亲人，我愿意一生为他们热情歌唱。"

因为金波老师的轻轻咂嘴，我永远也不会忘记这场轰轰烈烈的揭牌仪式。

# 不　辞

二十年前，我是《警方》杂志的编辑，满世界找名家约稿，对中央电视台的《焦点访谈》《今日说法》等摸得很熟，能写的人基本上都给我们写过稿。作者队伍从作家、记者最后蔓延到各地高校的专家学者。

至今记得在深蓝的格子间，主任给我一张名片："你这次去北京组稿一定要见一下公安大学的于洪笙老师，她的先生胡小伟是诗人，也可以约他写随笔。"

于老师在电话里非常热情，爱说爱笑，声音听起来极有亲和力。我当年是初生牛犊，什么门都敢敲，什么路都敢闯。他们家住得比较远，我摸索了大半天，还在附近买到了一兜苹果。于老师站在正午火辣辣的阳光下迎接我，见面就是一个宛如久别重逢的拥抱，让我产生了在异地找到母亲怀抱的感动。

她的屋子充满书香和艺术家的气息，不只是书排成墙的缘故，书架上的玩偶个个憨态可掬，长大了的儿子们在相框里幸福地微笑。她的先生穿着鞋斜卧在长沙发上，须发斑白，说话却有顽童腔。后来他零星给了我几篇随笔，文字清逸如白羽在青青草原上悠然展翅。

于老师是讲文学史的，她尤其喜欢侦探小说，对国内的公安文学创作了如指掌，她像孩子数星星般讲起柯南·道尔、阿加莎·克里斯蒂、海岩、蓝马，一直讲到警界活跃的孙丽萌、艾明波、许艺等等，那真是如江河滔滔，收都收不住。她送我出来时，夕阳红彤彤的，挂在树枝上，像北京糖葫芦，我们拥抱而别。

那时候我刚巧迷上了侦探小说创作，一口气写了两个长篇。其中《守口如瓶》她很喜欢，草稿要过去看了还不过瘾，某天晚上专门来电一席长谈。等几天她又来电说，某个细节因为我还年轻，对生活理解不够深，要改成什么什么样。

那是个凸显人物很关键的一个细节，于老师如同点石成金。在以后漫长的创作实践中，我常常会想起她点评小说的样子和调式，我甚至会以她那连蛛丝马迹也不放过的凌厉目光来审视自己的创作。

晚年的于老师全力以赴于中国的侦探小说事业，侦探小说协会多次找我约稿，给我寄过好几年的资料。可惜我已经一头钻进了儿童文学创作，离公安文学越来越远。

于老师始终没有放弃，她一再希望我将侦探小说写下去，像妈妈哄小孩一样耐心十足。2007 年，我在鲁院读书，适逢侦探小说大会召开，她硬是把我和另一位写儿童文学的作家杨老黑邀去。那也是一个金光闪闪的盛夏，会场外面的草地绿油油的。于老师穿着黑底白碎花衬衫，精神抖擞，在台上喜滋滋地讲："今天是个美好的日子……"

于老师不施粉黛，不穿时装，微微发福的身子骨里因为藏着对事业对众生不屈不舍的爱，她笑起来说起来，每每让我想起馥郁的花园、馨香的丛林以及洁白且奔腾着的山涧飞瀑。

她爱我仅仅因为我喜爱文学，她教我敞开怀抱无欲无求，十多年不厌其烦地挥舞着她柔和而严厉的长鞭。而我恰如一个任性的野子，离她只是越来越远了。

是年 8 月，公安部召集公安作家培训，我头一个就打听于老师的近况。

接待我的马德仲老师像是被我呛住了，停顿了片刻才低语道："于老师已经走了。"

"怎么可能?"

"就是这样,上个月走的。"

一整天我的心上像插了把飞刀。我从未想过于老师会走,她是那么健朗。

"那胡老师呢?"

"他前年走了。就是因为胡老师走了她才走的。"

我知道于老师多么宠溺胡老师,好像他是她的另一个儿子。胡老师也挚爱着于老师,他们去哪里都在一起。有一回坐长途汽车,车子在山路上非常颠簸,人困马乏了,胡老师剥了一个橘子,硬是举着从车子最后走到最前,送给亲爱的于老师。

问世间,情为何物,直教生死相许?

他们是诗里那对"天南地北双飞客,老翅几回寒暑"。

会上碰到于老师最疼爱的孙丽萌,她说:"我要去见她,几次电话她都说不方便。谁料到……当时我放声大哭,快六十的人如同一个丧亲的小孩子。"

座谈的时候,公安大学的另一位老教授杜元明先生也在。他的开场白就说起了于洪笙:"我和她就住上下楼,最后那段时间,也就是胡老师走后,她可能是病了吧,原先爱说爱笑的一个人,忽然间变了,出门用帽子口罩将自己捂得严严实实,跟谁都断了往来。"

我的泪水始终像山脚缓缓的小溪,它静水深流在心底,可能终究化不成泪来偿还我如文学祖母般的于老师了,我是那么爱恋着她的灵魂。

兴许热爱侦探小说的她故意给所有人设了这个不辞而别的局,那样她在我们生命里永远是那么健朗,她依然美好地活在她和胡老师的爱情神话里,活在她为侦探小说四方奔走的激情里。

《红楼梦》里,宝玉那块顽石闲来无事,浇灌过一株枯草,绛珠仙子黛玉来生便还以眼泪。于老师肯定是不喜欢我们哭的，她甚至连让我们为她担心焦虑都不舍得，她一定是灿然地笑着，像太阳越过高岗照耀在无边无际的平原上。

# 光　　照

我出生在点煤油灯的七十年代初的苏北乡村，尝过没有光的黑暗与恐惧。火柴对我来说有着比粮食还金贵的记忆。如今早已进入光电时代，每每看见火柴我还是会珍爱备至。火柴是我的收藏，说明我的内心多么渴望光。

2003年深秋，我写儿童文学不久，应《少年文艺》之邀去崇明岛参加陈伯吹儿童文学奖颁奖大会。

我不是获奖者，与会的几乎都是上海籍作家与编辑，我是唯一的外来客。与许多老师都是初相见，可以想象我的惶恐与激动。

当年80岁高龄的儿童文学作家和翻译家任溶溶老师获得陈伯吹儿童文学奖杰出贡献奖。鹤发童颜的老人家身着黑色衣装缓步上台，站立台中央，良久不语。

大家都好奇地望着他。就在那片寂静中，任老师孩子样咧开嘴巴抽泣起来，泪水糊了一脸，他抬起衣袖左右擦擦说："我何德何能啊，能得这个奖……"

我想我永远也不会忘记那瞬间的震撼与感动。我对儿童文学的认识与领悟大都来源于这些虔诚与可敬可爱的前辈作家的言传身教。

我约略知道这是一个颇有分量的文学奖，得这个奖的作家即便杰出如任溶溶也会忐忑、愧疚。

　　会后，秦文君老师走上来，温婉地问："你是从南京来的吗？"

　　晚餐男士一桌，女士一桌。开席不久，《少年文艺》编辑单德昌老师端上来一个很漂亮的大蛋糕。他望着我说："今天是在座的一位朋友的生日。"

　　我的脸红了。我不记得是怎么吹的生日蜡烛。

　　岛上的夜是很黑的，但窗户里的烛光异常温暖、明亮。我记得大家海潮般的歌声与笑声，还有像蛋糕一样香香的、美美的、软软的、甜甜的心情。

　　2007 年，我在鲁迅文学院读儿童文学高研班。那天讲课的是青少年问题研究专家孙云晓老师。同学张玉清提了一个问题："儿童文学创作如何面对人性的阴暗面？"

　　孙老师笑眯眯地问："请问韩青辰在吗？"

　　我当时一惊，显然孙老师不认识我。

　　他扭头看着窗外，颇为严肃地说："这是儿童文学创作必须面对的问题，现代社会多少复杂和尖锐的矛盾都直指少年儿童，我认为韩青辰那组对涉及问题少年的纪实文学把握得比较好……"

　　他的课还没结束，编辑从上海发来短信说，《飞翔，哪怕翅膀断了心》获得陈伯吹儿童文学奖。

　　那瞬间我看到了比酷暑还热的大太阳。

　　这组报告文学写作不易，引起了小读者强烈的反响，但是在成人世界仍有质疑，书稿压在某出版社长达两年未果。甚至有评审专家说："这到底是真的还是假的，我们这么好的年代还有这么惨的孩子吗？"

　　越是这样，我越觉得有写作的必要。

　　十年间，我就像擎着火把深入幽暗潮湿的地洞，地洞里的一切都是我害怕的。可我是警察，我知道有那么多小生命在洞里挣扎，苟延残喘，我应该送给他们光。

我更希望洞外的世人和我一样看得见他们，为他们花点时间和心血好好想一想。

作品出版获奖真不算什么，我渴望我的书写可以改变他们的命运，哪怕一点点也好。

可是十多年后，当我在电影院看电影《亲爱的》，亦如我早就写过的《黑子　喜子》，真正五味杂陈，哭不出来。

黑暗中犹如遭遇一记耳光——我在文字里的呐喊何其苍白无力啊！

十多年来世界进步了那么多，可是依然有孩子被拐卖，人贩子依然猖獗，很多无辜的家庭依然在这个悲剧里受苦。

那瞬间我甚至发誓再也不做无用功了。我想到了陈伯吹先生说的那句："我一直是在单干啊！"

好像从 2010 年开始，中国的儿童文学忽然轻舞飞扬起来。熟悉我的编辑会很客气地提醒我写简单点、轻松点的东西："如今的孩子学习压力大，课余难道不该读点轻松愉悦的东西？"

忽如一夜秋风，市面上铺天盖地只见两种书——好卖的书和卖得好的书。孰经典孰垃圾，好卖为王。

曾经纯洁无瑕、色彩斑斓的童书专柜，赤裸裸地汹涌着铜臭气和市侩气，甚至还有一统天下的霸气和痞气。

我想我是不会妥协的。我逆着种种热潮闷头写内心深处的《小证人》，将其交给出版社的时候，亦如将哺育多年的亲骨肉转手他人。

我日夜悬着心，等候八个月，编辑来信轻描淡写，首先让我缩到八万字，理由是好卖。

我可能没读完那封让我气炸了的信。

书稿最后交给浙江少年儿童出版社的王宜清，我信任她是因为她写过一本安静的书叫《陈伯吹传》。

几番周折，《小证人》能出版我已经谢天谢地了。至于后来获得第二届陈伯吹国际儿童文学奖，我犹如看见了希望之光。

想想何其幸运，我一路有着陈伯老的恩典与牵引，还有许多和他一样把儿童文学看成生命的全部责任的恩师与朋友。我从来就不是一个人单干。

陈伯老说："作家写什么？为什么写？怎么样写？这是十分严峻的课题，特别是对从事儿童文学的作家而言，其严峻的程度十倍百倍于成人文学。此无他，由于儿童年龄特征的原因，作家应'如履薄冰，如临深渊'样地小心翼翼……"

读到这样的话，我仿佛看见先生严厉而殷切的目光，听见先生捧出一生积蓄说："你们好好为孩子们写吧。"当然，我更看得见他那让人想想就忐忑和羞怯的博爱与忠义的灵魂。

# 一条白棉裙裤

　　除了裤脚上一圈"X"形的镂空外，这条纯白的棉质裙裤别无装饰。

　　我记得是2007年盛夏的午后，我在鲁院安静地写作，班长汤素兰敲门进来，低语道："葛翠琳老师托我带给你的。"

　　电话打过去，葛老师慈母般的亲切："北京天儿太热，怕你们不习惯，这种裤子凉快。"

　　那时候是八月初，在鲁院三个月的学习生活即将结束，一场连一场的告别。遂想起开学，初夏的太阳刚刚有力道。

　　母亲节适逢星期天，我们浩浩荡荡地组织了一个规模很大的队伍，去看望儿童文学祖母葛翠琳老师。

　　领头的是瘦弱的张洁，那时候她精神气儿特别好，穿着花色素朴的棉布长裙，脸儿笑得像正午的葵花。她悄悄地一个房间一个房间地敲门，轻轻问："我们想去看葛老师，你去吗？"

　　班上三分之二的同学都呼啦啦响应。一束深红的玫瑰花、一篮鲜果，坐公交车加步行。那束香喷喷甜蜜蜜的玫瑰始终由我抱着，萧萍、谢华良等同学都要帮忙换手，我始终没肯。

　　一路想着如何把这美丽的花儿送给葛老师。太阳晒得越来越厉害，我怕花儿受不住，俯身藏着，最后简直是一路小跑。

带路的人叫赵易平，他体格健壮，开学联欢会上表演过拳击，笑起来像舍弟。他不笑的时候，扑闪着一对双眼皮很深的大眼睛，神情像幼儿园大班的男孩。

快到的时候，队伍里传来一个消息，赵易平就是葛老师的儿子，他这是回家，不是带路。

不容置疑，我们跟着他上电梯，进屋。那格外宽敞、客厅有着一排落地玻璃窗的房子我记忆犹新。

三年前的冬天，我来领冰心儿童文学新作奖，我先生和五岁的女儿也一同来了。葛老师屋子里堆满了图书和奖状，许多人静静地忙碌，题字，发会议文件。

葛老师看见我们一家子很意外，也很开心，她搂着我的女儿说："本来颁奖会的入场券只有一张，既然你们大老远来了，特别是小朋友来了，那就多给你们两张，明天先生和孩子一起参加。"

我一边担心自己给会务带来麻烦，一边感动于老师的体贴和温存。就在那间很大且充满书香的屋子里，葛老师和我们一遍遍合影，女儿活泼泼地笑着，亲密地偎依着她。

进门前，我把鲜花给张洁，她是张罗者，这份爱心由她表达最合适。

葛老师身着紫红外套，脚穿蓝印花布鞋，我们密密麻麻散布在沙发、长椅和窗旁。所有的脸儿都朝着葛老师，她端坐在中间的黑椅上，语调清朗，将我们逐一介绍。

她说张洁是我们儿童文学的天使，说读我的小说以为我是男生，后来见面不是，格外惊讶。她说想不到这位江南女子骨子里有一股男儿豪气，还说起某年某月收到我的一张贺年卡。

三十多位同学，八十岁高龄的葛老师如数家珍，几乎人人在她心底都有一段亲密往事。她激动，我们更是感动，屋子里始终流动一股暖流，它合唱一样走向激越、高亢、绵长、醇厚。

我们像支流回到源头，像鸟儿栖息大树。

至此才知道，我们其实不是来看望葛老师的，而是来领受她祖母般的恩慈的。她逐个地鼓励、肯定、激发，其情殷殷，其心切切。

那瞬间，我仿佛看见她于艰辛中挚爱着文学，深夜因为可以和冰心同行一小段，两人自由亲密地交谈，而加倍地珍爱生命、热爱写作。

看见她多年来一直孜孜不倦地写作、思索，特别是晚年创设冰心儿童文学新作奖，召唤、滋养一代代儿童文学新人。她似乎叫人明白，一个作家的使命不仅仅是自己闷头写，还要张开怀抱去爱，去行动。她像领头的大雁、彻夜的红烛。

今天的儿童文学，其实只要面对葛翠琳、任溶溶、金波、孙幼军、蒋风等老一辈儿童文学作家，甚至追念冰心、陈伯吹、张天翼、金近等，心就自然明白这是一个多么珍贵、流淌着知识馨香和挚爱真情的大家族啊！这一个一个被岁月镀金的名字，正是中国儿童文学的良心、标杆、明镜。

会谈之后，葛老师让我们随便参观，我们浏览图书和墙上的照片，里里外外，窜来窜去，嬉闹拍照，像一群来外婆家的孩子。

那天的阳光如金如银，草地是香的，穿过开满鲜花的白栅栏的风也是香的，葛老师送我们到楼下，频频合影，才恋恋不舍地告辞。

裙裤拿在手上翻来覆去地看，每年我总会惶惶地往身上套一下，马上脱下来，仔细叠好收起来。我一次也没舍得穿这裙裤，委实是想永远珍藏。

我把它贴在脸上，忍不住一次又一次想象，北京八月炎热的午后或黄昏，葛老师如何念叨着鲁院的我们，如何在柜台前一条一条裤子地挑选，从花色到肥瘦，竟然那么合体，那么洁白无杂质，叫人一见倾心。

当年葛老师送它给我是想我清凉，我只当它如白练，伴我在儿童文学兢兢业业、历阶而上。

# 去北京拜访孙幼军

　　我不会写童话，但古今中外儿童文学典籍中，在金字塔端像夜明珠一样闪光的仍是童话。为此，我对童话作家格外多几分敬重。

　　《小布头奇遇记》是长着中国胎记的童话，却如此不同，时代烙印并未遮其风华。其作者是孙幼军，他的文字是会疯长的草、喷涌的泉，更像蹦蹦跳跳跑在开春的原野上的小娃娃。

　　在一次很严肃的儿童文学会议上，有位长者穿格子衬衫、背带长裤，不时把椅子朝后高高翘起，三番五次离座，像一个在课堂上再也熬不下去的顽童。我马上认出他是孙幼军。

　　几年后在鲁院，午后，楼道里空荡荡的。我一开门，他满面愁容上来询问男洗手间在哪里。我扑哧一笑，为他引路的同时说："你是孙老师吧。"

　　孙老师是来给我们讲课的。那是我唯一一次听他正式发言，却也是发言中最不正式的。也许是谦卑成性吧，他的发言慌乱、羞涩、力不从心。打开话匣子之后，像久未谋面的长辈唠嗑。

　　孙老师是风度翩翩的男士，可是我感受到他的亲切、家常、善意、温情都是很母性的。

　　他在讲台上摸着后脑勺，整理他的礼帽，面庞羞得粉红。好像没多少人可以像他那么真，那么纯。

他说了一些勉励创作的话。但我只记得他最后弱弱地说："我已经老了，耳朵不好，眼睛也在退化，但我还是每天在电脑上写。总惦记朋友，每天早上第一件事就是打开邮箱，看看有没有来信……"

我决定给孙老师写信。我希望他每次打开邮箱都有满满的、长长的朋友们的来信。

我是那么热切地喜欢与人交流创作，可是我与孙老师几乎没有谈过创作。我们写的只是彼此的口常。他常常发些散文过来，《桃园的大鸡和小鸡》《洋教头手记》我几乎都在电脑上读过。

那也是我读过的散文中的极品。犹记得他写大学同窗，分离数十载杳无音信，一朝得着消息，他马上骑车去找。当他在街头一声呼唤，将老友握住，我也在电脑前泪水横生。

我明白我之所以认孙老师为朋友，是因为人海茫茫中视情谊为眼眸的人已经很少，更不要说视友情如生命这样的傻话。

孙老师的生日是6月23日，这也是我从他散文集中推断出来的。那年他生日这一天我给他打过一个电话，本想祝福，可是电话从头折腾到尾，费了好大力气才说清楚我是谁。我仿佛看见他在电话那头的焦急、尴尬、疲惫。我甚至很后悔打那样的电话，以至那是我们之间唯一一次电话。

2007年，第七届全国优秀儿童文学奖在北京颁奖。孙老师比所有获奖者都高兴，他拿着相机不停地拍。咖色礼帽、长风衣和枣红格子围巾在整个会场飘摇，还有他乐呵呵的笑。

晚宴我们那桌几乎都缺席，领导坐了坐就走了，偌大的圆桌堆满层层叠叠的美味，只剩我和孙老师。

我们扯着喉咙嚷嚷着交谈。其实我们既没吃什么，也没说得了什么，只是在重复我们的信——糖尿病，跑医院，儿子、女儿、老伴儿、朋友。

晚年他写得最漂亮的散文就是《考驾照》，每读每欢喜。可能因为视力和听力问题，那天他是坐公交来的，回去也得坐公交。我跑出去送他，却被出版社半路拦住。

在北京之夜特有的苍凉与苍茫里，我们在街头，在车站，带着筵席的热气，我对他匆匆说了再见。他站在那里，偏偏周遭无人，只有寒冷的风穿过，越发显见孤单。

我一直懊恼没陪他等车。我应该再和他"嚷嚷"几句，等车来了，看他坐稳，挥手说再见才是。

从北京归来，邮箱里都是孙老师发来的照片，吃饭、嬉戏、领奖，点点滴滴都被记录。第三天又收到他发来的录像。去信感谢，不想孙老师来信道歉："青辰，我得向你道歉，我忙中出错，发给你的录像根本没有你，是之路的。"

可以想象在那个北风呼啸的十二月，孙老师都在忙什么，而他竟会认真到检查他发出的每封邮件。

又过了三天，我收到了孙老师寄出的快递，他为了保证效果，特地将录像制成光盘。

去北京，多次想拜访孙老师。某次还背去了他的书，希望他能写点鞭策的话，可是临了又犹豫，主要怕打扰。我至今记得自己揣着他的书在一条小河边打转，那是一条宁静而安详的小河。

后期的信几乎都在谈病，大概是害怕那种沉重吧，信不知不觉就断了。总以为孙老师那种性情，再大的病也为难不了他，总会再见的。

孙老师生于哈尔滨，毕业于北大中文系，在北京外交学院任教。生活与学养的厚度令其文笔带有东方白瓷之美与西洋咖啡之香。

犹如翻山越岭从生活深处流淌出来的清泉，孙老师纯真、清澈又活泼泼的，其心只见碧水、劲草、龙腾、鱼跃，再无其他，真是"沧浪之水清兮，可以濯我缨"。

马修·连恩在《布列瑟农》里唱道："And my train will carry me on-ward, Though my heart would surely stay."（尽管火车带着我离去，但我的心却一定会留下。）

我不相信这样的朋友会真正离开。去北京拜访前辈孙幼军，仍是我的一个梦，永远是。

# 无可代替

认识上海《少年文艺》时，我念小学三年级，嘴里嚼着爸爸从上海捎回来的大白兔奶糖。《少年文艺》带着上海奶糖的香，还有从上海回来的爸爸的香。《少年文艺》是我的阅读初乳。

幼时我爱说爱唱爱跳，头顶梳两根冲天辫，大人们总问我的小辫子是不是要把天戳破，要不就笑话我的蝴蝶结太大了，问我戴不戴得动。偌大的村庄就是我的自由迷宫，我睁开眼就跑出去玩，嘴巴哼哼唱唱念念有词，妈妈说我只有睡着了才会安静。

读书让我忽然变成"问声"——就是问一声说一声，甚至问十声也说不了一声。奶奶对我这点恼火透了，给我取外号"问声"。

儿时阅读一般不记作者和作品名字，但上海《少年文艺》例外，我一直记得它刊发的《失群的雁》《白球鞋上的黑印儿》《大姨妈》等等。

当年有位儿童文学作家叫黄小波，我迷她特别厉害，每次拿到新刊，就先找她的小说一睹为快。

我从未想过长大会变成《少年文艺》的作者。那是 1998 年，我将要做妈妈了。我拿什么来迎接我的孩子呢？我在本子上长长短短地写，先生挑出几篇，说："这些都是很好的儿童文学啊。"

一语惊醒梦中人。至今我依然珍藏着《少年文艺》编辑单德昌老师写给我的第一封信，信里说我的作品生活气息很浓。

从此我一篇一篇给单老师写，单老师一次次通知我来稿已用，将刊于第四或者第十期。单老师负责这两个月的发稿。

那阵子写稿多，和单老师通话也多，我早已根据他热情爽朗的笑声，把他想象成一个笑口常开的胖大叔。谁料见面却傻眼了，真正的单老师面目清秀、体态轻灵，人届中年，却如少年般单纯，一双漆黑的大眼睛很孩子气地会说会笑。

最奇怪的是，无论他说不说和笑不笑，任何时候，他看起来都好像在静静地微笑。那是一个善良到骨子里、单纯到骨子里的人的自然表情。跟这样的单老师交往，我很轻松，很惬意。

二十多年来，《少年文艺》的编辑来来往往、上上下下，常有变化。单老师是唯一一个不变的人，他似乎永远都不会老去，总是笑盈盈、乐呵呵、喜滋滋，工作像老黄牛，干活大包大揽。好像只要能给孩子们编稿，他就是全世界最开心的人。

单老师文学功底好，对作品感觉很准，但凡他有异议，我一定接受，并且马上修改。

写作的人永远在渡一条或明或暗没有尽头的河。河是泥沙俱下的生活，小说是从中打捞出来的日月星光。作者借着这片光，一篇一篇前行自渡，同时，相信这片光能渡更多人。

犹记得 1999 年盛夏，我去上海参加《少年文艺》笔会，那是我有生以来第一个笔会，也是我第一次去到心中的圣地——《少年文艺》所在地：少年儿童出版社。

白天去编辑部参观过仍不过瘾，夜深了，还想再去看一眼。独自走出宾馆，天上应该有星星的吧，街灯太亮，我只记得深蓝的夜幕上有一轮金黄的小月亮。我像个孩子似的雀跃着奔过去。

延安西路上有复杂的高架桥，深夜大卡车来往穿梭，哐当哐当呼啸而过。我只敢停在马路对面，当街对望亲爱的《少年文艺》。

金色的"少年儿童出版社"是宋庆龄先生的题字。我一个字一个字反复观摩，这场瞭望、对话、拥抱几多深情呢，我在马路边傻站了很久。那时候我不知道我会那样站立一生。

对于理想之地，我们似乎永远隔着一条街或一条河的距离，我们只有不停地出发。

我在南京大学中文系的师姐谢倩霓也是《少年文艺》的编辑，她爱说爱笑，人长得美，写得一手漂亮文章，活泼泼的恰似一江春水。只要想起她，我的耳边就响起她哗啦啦的笑声。和师姐在一起，就是和少年欢笑与浪漫在一起，真正的天马行空。

2007 年，师姐编发了我的纪实文学集《飞翔，哪怕翅膀断了心》，获得第七届全国优秀儿童文学奖和陈伯吹儿童文学奖。

2013 年春天，师姐成为《少年文艺》执行主编。那阵子中国儿童文学一窝蜂甜软。向来轻盈浪漫的她，严肃地拍着桌子跟我吼，我们就是要写严肃的校园问题，刮一场龙卷风。

短篇小说《龙卷风》触及学生跳楼事件，撇清了考场可以是学习赛场却永远不能变成屠宰场的问题，呼唤孩子们自强自立，学会自省自救，珍爱生命远离伤害。

一篇作品从无到有，从自己的变成他人的世界的，其中有一个反复推敲的酝酿期。创作《龙卷风》时，我像着了魔，三个月拼尽全力，一遍遍跟单老师探讨，直至快要刊印，我还想改。

我是那种在文字里秘密生长或者活命的人。每交出一个作品，就是在跟一段时光作别，像交出生命一般庄重、神圣。

单老师话不多，一句顶一万句。他看稿特别快，回复像救命。他给予的好评总是多于意见，好像他从来都知道我是多么虚弱。

创作二十多年，我最清楚的一件事是，如果这一生我没有遇见单德昌和谢倩霓这样的编辑，我在创作上一定不会走到今天。

　　《少年文艺》及其作者对我真是恩重如山。早年《LOVE 天长地久》
《碎锦》《蓝月亮　红太阳》《窒息》《遥远的小白船》连连获得《少年
文艺》好作品奖。单老师每次都强调，这是小读者评选出来的奖，是很
权威、很珍贵的。

　　2012 年，我沉浸在长篇小说《小证人》之中，前不着村后不着店。
单老师着急，因为这一年，《少年文艺》好作品评选升级为周庄杯全国
短篇小说大赛。

　　"你是我们小读者喜欢的作者，一定要参加。"

　　我怎么敢叫单老师失望，未曾想这篇急就章获得首届优秀奖，我带
着满头银发的老母亲去周庄。

　　后来，《龙卷风》《莲蓬》连续获得周庄杯全国短篇小说大赛一等
奖，《龙卷风》还兼获陈伯吹国际儿童文学奖。单老师非常开心，那种
开心就像看着亲手养大的孩子拿到名校录取通知。

　　我多想带着单老师一起上台领奖啊。时任《少年文艺》总编辑的周
晴老师很理解我的心情，说到时候单老师会跟我一起上台。可是临了她
又摇头，因为其他获奖者都没有带编辑上台。

　　站在台上，我急切地在人群中找到单老师，他笑得那么开心，整个
人都亮堂堂的。我这才发现从来简朴的单老师，那天还特意穿了西装。
我冲着单老师笑了又笑，举起奖杯，意思是说我是替我们两个一起领
奖的。

　　单老师一直喊我小韩。事实上我已经是老韩了，他也不改口。只要
单老师一喊我小韩，我再忙也要挤出三个月认真写稿。这就像成年后妈
妈喊我回家吃饭。

　　去年秋天，单老师又来信了。之前，单老师来信除了约稿就是用稿
或者笔会、获奖通知。可这回单老师是来道别的，因为年事已高，他正
式要退休回家了。

此前，比他小一轮的师姐谢倩霓刚刚办理退休，周晴老师也早退了。我所熟悉的上少社的朱效文老师、任哥舒老师退得更早。67岁的单老师早该退休了。只是因为无可替代的敬业和专业，他退休后又被持续返聘。

要退休的单老师，认认真真给我介绍了一位年轻编辑，好像把我交代好才是他的最后一项工作。

那个上午，我望着电脑心潮起伏，一个字也写不出，双眼直想掉眼泪。

谁想一年后，单老师又被返聘回来了。哈哈哈，单老师像跟我们捉了一回迷藏，他一定是怕我们着急，自己忍不住又跑出来了。我听着他熟悉的笑声，马上想起他从里到外洁净光明的样子。

一如陪伴我们七十年不变的《少年文艺》，我认识的《少年文艺》的人，林林总总，清一色的文雅浪漫、单纯圣洁、阳光明媚。

在我心底，美好的他们，与少年儿童出版社以及《少年文艺》完全叠印，美美与共，无法分割，无可替代。

2021年9月，我去上海采访新安旅行团，晚上去少儿社见师姐，她蹙着眉告诉我："明天我们就要搬家了，今天是最后的晚餐。"

路灯下，我们在"少年儿童出版社"面前频繁合影，多么难舍难分啊！

真正是万物深情，谁晓得这么巧呢，我竟会千里迢迢赶过来，当街再看一眼亲爱的少年儿童出版社。

# 最亮的星

一支圆珠笔，笔帽拴着卡通小熊。我从《儿童文学》编辑王桂馨老师手上拿过来把玩，抬头跟她说："好可爱啊！"

"是吗，那就送给你！"

王桂馨老师长我两轮的样子，她说话嗓门脆亮，行事风风火火，特别麻利。那是我们之间第一次说话，她一张嘴巴，我就看见了她那颗火热透亮的心。她如火的目光后面藏着一句话——"宝贝儿，只要你好好写稿，要什么我都给你。"

写作的人最大的幸运就是遇上这么一个很认可你、需要你的编辑。写作的人最大的苦楚不是写，而是交出心血之作后的等待。如果等待漫漫无期会直接患上忐忑不安之病，我为此病过一两次。但王桂馨老师从不用我等待，总是我这边发出稿子，还没缓过神来，那边电话就火到炮响般来了。王老师一高兴嗓门比平常分贝要高，她是那么热忱、精确、果断，告诉我稿子行在哪里，不行的该怎么修改。我领会了意思比她还急，扭头改好上呈，她哈哈大笑说："宝贝儿，我就是这个意思。"

因为这种无障碍、高效率的交流，有一年我在《儿童文学》发表了五篇稿子，这简直是我创作历程中的奇迹。两三年间，她编发的作品后来汇编成纪实文学集《飞翔，哪怕翅膀断了心》。

王老师把我们这辈作者统一都叫"宝贝儿"。2007年，我们在北京鲁迅文学院读儿童文学高研班，十五六位"宝贝儿"闹哄哄地跑到王老师家，凳子椅子都坐满了，好几位直接席地而坐，那种亲热劲儿就像是回到妈妈身边撒欢。

当晚我们要给王妈妈惊喜，就近订好晚餐，结果买单的时候发现中了埋伏，王妈妈抢先结账了。

转年我带先生女儿去北京领奖，又一次跟王妈妈约饭，谁料又一次中了她温柔的埋伏。她不仅提前买单，还和先生一起开车送我们去车站。途中小小的女儿在我怀里睡着了。王妈妈两口子把车开得很慢很慢，车子像一个温柔的摇篮在车水马龙中轻轻摇晃。到站后孩子还不醒，王妈妈和先生抢着安慰我们说："不着急，再绕一圈，让孩子多睡会儿。"

那辆车绕着北京火车站一圈又一圈地摇啊摇，那是我想起来就无比甜的一件事。

王老师的先生是名医。我父亲病重期间，他一次次打来电话，不厌其烦。后来我知道不只是我，我们那批作者差不多都这样，谁遇上困难都会找王妈妈。

如果飞翔需要一件神奇的披风，那么王妈妈就是那个精心为我们缝制披风的人。我总觉得她给作者的爱远远超出了一个编辑的职责与义务，她是那么热爱生命中美好的一切，把工作当事业，把事业当艺术，她付出得那么慷慨、彻底、由衷，天地间能有多少这样大包大揽、毫无保留、充满能量的怀抱呢？

我读《儿童文学》大约是从小学三年级开始的。乡村图书少，少儿读物尤为稀罕。难得遇见一本《儿童文学》，也不知道周游了多少双手，封皮不是被撕烂就是已掉光。

那时候读书是奔着故事和故事里的人去的，不懂看作者，甚至连作品名字也不那么在意。所以我很难说得上来当年那些打动我的小说叫什么，是谁写的。

我就记得我抱着《儿童文学》走在放学路上，不顾头顶大太阳，不顾肚子饿，不顾身边的叽叽喳喳、打打闹闹，就那样呆头鹅样走着读着。

好多夜晚就着油灯隔着蚊帐，读得不想睡觉。大人们一觉醒来，生气地把书夺去，吹灭油灯，骂骂咧咧。他们怕油灯烧着蚊帐，怕我把眼睛读坏了，当然更心疼灯油。我奶奶常常说："你这么眼睛细起来照啊照啊照啊，什么宝书不能等到天亮了再看?!"

后来我有了经验，摸到一本《儿童文学》，就坐到无人的河坝，躲进草垛。读完爬上高高的草垛或树梢，遥望远方的地平线和头顶的云，哼哼唱唱，痴迷半天。

我始终觉得我是在书中第一次遇见自己的灵魂，或者是书让我触摸到了那个隐形的、内部的"我"。我看到了村庄之外很大很大的世界和很多很多的人。

长大后，我变成《儿童文学》的作者，《儿童文学》成为我最私密、最信赖的灵魂驿站，像对着一个圣洁的老朋友，我一封封给她写信。

写作很像小时候挖宝，挖呀挖呀挖呀，沙里淘金，像一个知恩图报的孩子，想要献宝；又像帕乌斯托夫斯基在《金蔷薇》中写的那位老清扫工夏米一样，花光力气也要为心爱的孩子铸造一朵祈福的金蔷薇。

《儿童文学》这朵金蔷薇，凝聚着千千万万孩子的心灵与眼眸，一如夜空中最亮的星。她是一代代无私无畏无邪的灵魂倾尽全部精雕细琢的稀世珍宝，也是一辈辈编者、作者、读者共同奉献了生命中最光灿的部分，以命以血，以智以善，以爱以心，高高擎起的人间太阳。

每每走出书斋，失落地走在街头，这时候只要遇见书报亭，目及风中摇摆的一本《儿童文学》，整个人就会瞬间清明。

我会孩子气地跑起来、跳起来、笑起来，不顾一切地冲上去。仿佛冲向孩提时的自己，冲向自己的宝贝，冲向宝贝们的宝贝。

2011年，我有幸成为《儿童文学》首届十大金作家之一。颁奖会后，时任《儿童文学》主编的徐德霞老师把我从人群中叫过去。她把我领进房间，仔细询问我的创作情况，嘱咐我沉下心来，好好写个长篇。

窗外一池春水，江南烟雨朦胧，细密的水花开不败地怒放在我激荡的心上，我体会到了无尽的爱与温柔，像没入母爱之河。

因为感动，我不由得一次次抱紧胳膊。徐妈妈以为我冷，人届中年素常严厉的她，忽然雀跃而起，从衣架上拿过她的外套，披在我身上。

我穿上的不只是徐妈妈的外套，应该还有疼爱、相信、希望。那个午后，和着一池烟雨、春水，始终披戴我心。

闭门三年，写出《小证人》，这着实是我酝酿多年迟迟不舍得下笔的一个长篇。兴许我写作就是为了有一天能写出这个在九岁就差点将我扼杀的成长危机。

都怪我写得太慢，等我交稿，王妈妈和徐妈妈都退休了。新编辑有异议，小说最后没有成为《儿童文学》出版中心的作品，但不妨碍它是我为致敬《儿童文学》、感恩两位编辑妈妈创作的。

评论家谈凤霞老师在《文艺报》发表评论，说《小证人》一本"病蚌成珠，直逼童年灵魂的厚重之作"。

此后我又闭门四年写出《因为爸爸》，写完我一直走不出忧郁。记得去北京参加新书发布会，我给久违的徐妈妈打去电话，一口气把"消失的"四年絮絮叨叨说出来。徐妈妈抱着电话安静地听。我这才知道自己像一个永远在补考的学生，殚精竭虑写着徐妈妈布置给我的作业。

半生走来，《儿童文学》一种存在于月月更新的现实，可触可摸；另一种存在于记忆与想象，它早已融入生命，化为肌理、血液、心跳、呼吸，真正才下眉头却上心头：

　　　　从来不需要想起。

　　　　永远也不会忘记。

辑三　天使在歌唱

感谢造物者创造了孩子，如果不是这群天使，世界多么枯燥乏味，就像人类没有音乐、文学和绘画。

# 天使在歌唱

亲爱的女孩子们啊，你们轻轻地、深情地、无忧地唱，仿佛和平鸽成群飞翔。

我仿佛看见大海静静地沉睡，森林里奔腾的小马驹和跳跃的狗，蜻蜓在舞蹈，羊群踏着软风，野菊花缀满清露。

亲爱的女孩子们，你们不知道这最后一次合唱的意味，不知道今天这歌声是最后一次合在一起；不知道这和声前无古人，后无来者；不知道今天轻轻牵手，明天将天各一方。

你们对一切浑然不觉。

我看过你们初相识，看过你们偷偷在课上嚼 QQ 糖，交头接耳，偷偷踢腿，互相告状，打打闹闹，分分合合，从未消停，也从未当真。

瘦瘦高高的辫子女孩你最文静，当年你轻轻地从我面前经过，我立即嗅到了含羞草的清芬。从此我的视线一直默默追踪着你，悄悄地。

我曾像打扰天使一样问你："辫子谁帮你扎的？"

你唱歌的样子也害羞，不过是认真的害羞。你总想做些动作，比如摇晃脑袋，结果你摇晃得太紧张，老师让你自然些。你不摇晃脑袋了，换成伸脖子，唱一句伸一句。这害得同学们笑你，老师又要纠正你。

可能你觉得像笔杆一样一动不动地唱歌不好吧，你想表达什么，那样的努力和那样的嘲笑对你来说是多大的难堪啊，你是那么害羞和渴望完美。虽然你一直静静的，不想打搅谁，也生怕被打搅。

有一阵你也活泼过。私底下用小拳头教训那些不老实的小拳头，抢别人的毽子踢，抿着嘴巴做鬼脸，可是很快你就沉静忧郁起来了。你毕恭毕敬地来上课，毕恭毕敬地表演。你的嗓音真算不上甜美，你那很会扎辫子的妈妈说："反正要给她学一样，这课也不贵。"

渐渐地，你唱歌越来越吃力，许多比你小的女孩子都唱过了高音部，老师竖起眉毛用第四声喊你的名字。你红着脸，逆来顺受。

之间我看见你偷偷摸出奥数课本——这是最后一次课，你怎么没来？是赶着去上奥数吗？还是去会考？五年级忙于会考的你可知道大家的遗憾？

我常常在你低垂的背后想你的忧郁，是什么扰着你那含羞草样敏感又坚挺的小叶子？是什么让你把自己紧紧团抱，不再和大家说说笑笑、打打闹闹？唯一热闹的是你那一头的辫子，紫色的蝴蝶结紧紧裹着它们，抑或加深了你的忧郁。

合唱队的女孩子今天用最好听的声音叽叽喳喳呼唤你的名字，楼上楼下焦急地找。假如你知道，会不会咧开花朵样的笑脸，甜甜地笑一回？哪怕一回也好啊！

小白点，你穿着蓝色的汗衫，肚子上趴着一只小白羊。平常你可是叽叽喳喳最不安分的呀！记得你抱着小狗来上课，小狗受不了你的热爱，泼皮地把你咬伤。你仍嘻嘻哈哈："我就喜欢我的小狗！"

今天你格外认真地报幕，格外认真地演唱，我第一次也是最后一次见识你的认真。原来你认真起来是这么富有感染力，让人觉得简直不可思议。大家纷纷给你鼓掌，就连你那叽叽喳喳的妈妈也无声地笑了，她笑得那么满足，那么安静。

文文，我最喜欢的小姑娘，你有一张欢愉的小脸和一双长长的、充满喜悦的黑眼睛，你说话的时候总爱咯咯笑，不说话的时候也笑，你的一举一动都萦绕着"快乐"两个字。包括你的歌声，完全可以比作小百灵。

我们是从什么时候成为好朋友的呢？你喊我阿姨的样子是那么深情，你喊我阿姨的时候我的心都要激荡一阵。因为我赢得了你的喜欢，我是多么喜欢可爱的你呀！

我始终认为你的歌声明亮、瑰丽，饱含快乐，我总是给你最热烈的掌声。可你说以后不一定学了，得听妈妈的。你妈妈慢悠悠地朝我一瞪眼睛说："哪有时间啊，后面就是五年级啦。"

音乐天才的你，从此要去学奥数、奥语？还记得我问你为什么把长发剪短。

"节省时间啊！"你脆生生地回答我，没有抱怨，只是欢愉。

你还告诉汐汐："小时候多吃苦，长大了就可以少吃苦。"

你对苦读一点儿也不怨艾，那么欢愉地承受，你骨子里的乐天深深打动了我。

我多希望你和汐汐永远唱下去啊，一起永远跟着殷老师的钢琴无忧无虑地唱下去。

汐汐患了气管炎，正在输液，今天还能唱吗？

可是你唱了，唱得很卖力，高音部分唱得最好。可惜你不喜欢台下坐着妈妈，妈妈心里多别扭啊。妈妈根本不敢跟你对视，妈妈只是一直仰着葵花样的笑脸对着前方——对着你却不看你，希望你能感受到妈妈的爱、信任，不被妈妈打扰地表演。

谁让妈妈总是对你提意见呢，要你微笑，要你与观众交流，要你动作优美……你的唱功很扎实，表演还不错，你是盯着妈妈说的正前方了，但是你的身体依然不够舒展。为什么你不能进入自由快乐的想象，想象你在对着喜欢你、欣赏你的观众演唱？你紧张的目光好像在躲避什么，难道是躲避妈妈吗？

多希望你知道妈妈非常欣赏你，妈妈是希望你更好，才提那么多意见的啊！

女孩子就是这样喜欢着、责怨着妈妈，一路长大的。我想起含羞草女孩，那个最文静的含羞草女孩，那回也用小拳头恼怒地捶她的妈妈。

胖胖，你总爱吃东西，曾经表现很一般，可是这学期你突然很自律。女孩子凑在一起说悄悄话、做小动作的时候，你独自跟着老师学艺，不受干扰，绝不从众。

你是那么独立——有自己的立场。所有人都发现你做到了自己的最好，虽然你的嗓音一般，但你努力了，认真了，你就是最动人的。

黑黑，你怎么弱下去了，曾经你不是最差的啊？可你现在总是迟到，每次你都背着沉甸甸的书包，从辅导班匆匆赶来，你看起来更黑更瘦了。下课的时候总听到你妈妈向老师请假："我们恐怕赶不上，那两天都有英语课。"

你的弱是有原因的，你依然很努力地在唱，尽管你也知道自己唱得不够到位——你黑色的眼睛里藏有亏欠，但你真的一丝不苟。

亲爱的黑黑，别忧伤，也别觉得亏欠，人的精力总是有限的，投入多少才能收获多少。你的弱不怪你，也不怪给你报班的妈妈，要怪就怪那些辅导班，怪那些为了钱而制造辅导班、提高班、强化班的人吧。

宁宁，你为什么要那样呢？你的歌声一直美得奇异，可是真不明白你为什么始终都在那样唱——像被人揍了一顿，又像在唱挽歌，低眉顺眼哭丧着脸，目光从没高过鼻子。

你长得那样秀美，歌声也那样动人，可因为你卑怯、凄楚的表情，让我忍不住猜想你的过往，猜想你以后长长的一生，真正满怀担忧。

我不懂你为何要这样唱。是功课不好？还是爸爸妈妈对你不够认可？到底是什么让里里外外完美的你对自己毫无信心。

笑着唱吧，宁宁，你是最美的天使，你就是。知不知道，信心是女孩子最重要的质素。

　　亲爱的女孩子啊！你们现在这样轻盈地唱，可知道你们多美、多纯、多好。虽然你们脸上还没有多少自信——多多少少带有不安、紧张、拘谨。

　　你们真的不知道，歌唱着的你们多么迷人，像一朵朵即将绽放的花，像晶莹即将蒸发的露，美丽、纯洁、芬芳的歌声，引得我在台下热泪盈眶。

　　很久以后，你们才会想起今天的美好，才会懂得今天的诗意。分别在即你们不懂，成长如蜕你们不懂，前路漫漫你们不懂——

　　你们只当是完成老师的作业，挨个地表演唱，认真地唱，因为羞涩、懵懂、紧张中流露出认真，你们变成了最美。知不知道，这一切的一切都是最美啊！

　　我祈愿你们的未来，一如今天清纯美丽的和声，如鸽子轻轻飞翔，如那蒙着纱一样晨雾的烟湖，如那湖上的一叶轻舟，如那轻舟飞越重山的诗行。

　　大声歌唱吧，我亲爱的女孩子们！

# 花蕊般的人

男孩瘦得出奇，果核样的小脸像缩在脑壳里，而脑袋又缩在身子壳里。

灰蒙蒙的细雨，加深了秋日黄昏的暗淡，活动已近尾声，孩子们差不多都走光了，校园恢复了沉静。

我们在廊下收拾行李，因为细雨和夜色带来的寒意，大家都有些倦怠，静悄悄的，无声无息。

男孩拉着同伴跑出来，看样子是值日生，落在最后的他们急匆匆地小跑着。经过书摊，他们突然像两只小青蛙朝我蹦过来。

果核样的小人儿，双手恭敬地伸过来，一束彩色的手工绢花举到我鼻下："老师，送给你！"

哇，我的眼前突然一亮。

红的，粉的，紫的——一共五朵，还有金丝线闪烁着七色光。难道是为了编制花儿才迟迟出来？

我欣喜地望着他，但见异样瘦削的脸上有一块黑斑，许是胎记，许是擦伤。那枚深色加重了他的瘦削，莫名地叫人心疼。

这个细小瘦弱的孩子犹如小火苗"啪"地将我点燃，劳顿消失殆尽，读书活动似乎又有了意义。

这个灵性又善良的火炬手啊，他不知道这小小的举动更新了这个黄昏，黑夜、冷雨、深秋统统远去，剩下的只有爱，火光灼灼的，春意盎然的，如星星般光灿，如绢花般美丽。

他是哪里飞来的一只青鸟呢?!

男孩不在意我的感动，他转身拉起小伙伴就跑。我追着他的背影喊："等等，孩子!"

他扭过小小的身子。

"来，让阿姨抱抱!"

他非常自尊和绅士地侧过脸去，小心地靠进我怀里。我搂着他，拍拍他单薄得不能再单薄的背。我多想给他所有的温情和幸运，最好像童话那样，一个拥抱让他变得又高又壮。

从眼神看，男孩起码读三年级了，显然他的发育过于迟缓。究竟是什么原因呢?

"谢谢阿姨!"

男孩认真地望着我，说完跑进灰暗的秋雨，留下我和花儿，还有无尽的感慨。

该说谢谢的是我，孩子。

"怎么想起来送我花儿?"

他扬扬手中的《小茉莉》，认认真真地回答："因为你的书。"

他清澈的目光让我想起在深圳打工子弟学校的日子，一个大眼睛的小姑娘，她一直尾巴样黏着我。活动结束她非要送我一瓶橘子水。大概那是她最喜欢的饮料，或者她实在拿不出其他什么了，还有她大概觉得我说了那么多话该是渴了。总之任凭我怎么谢绝，她就是要我收下。直到我发现要是我不收，那双黑眼睛里的火苗就要熄灭了。我只好收下她的橘子水，满怀不安和敬意。

等我们的车开出那所小学，路口却跑出来一个男孩子，他的腋下夹着足球。我永远也不会忘记他额头和鼻尖上晶莹的大颗大颗的汗珠子:

"太好了，总算追上了，我还要一本《能量豆》。"

这些年去了很多学校，见过很多新鲜、好奇、滚烫、欣喜、可爱的笑脸，但是我一直忘不掉那张扭曲变形、有点可怕的脸。

那是一个五年级的女孩，胖胖的，扎着羊角辫，衣衫露出几分寒酸。她恶狠狠地瞪着排队等候我签名的同学，也恶狠狠地瞪着我，白皙的脸因为愤怒，五官全部错位。

同学们上去拉她。她涨红了脸激动起来，嚷嚷着就是不肯走，直到老师跑来。

我惊得上前，约略知道这是一个有着轻微智力障碍的孩子，没有学习能力，父母也不肯给她买书。于是她委屈、痛恨，她像巨石一样赖在书摊前，老师和同学们花了很大力气才把她搬走。

我怎么也忘不掉她扭曲的脸上火辣辣的泪花，忘不掉她赖在我面前不走的样子。

回来后我给她专递了一包书，并在每本上认真地写上句子，只是杳无音信，至今不知道她拿到那包书没有，是否高兴了。

孩子永远是最真挚、最公正、最无私的判官，他们付出的爱、恨——一切的感情，无疑最值得珍惜，也最值得深究。

让我把那束绢花永远别在心上，让它暗示我不仅要学孩子们赠人玫瑰，还该想着其他。

总之，怎么也不能辜负这些花蕊般的人。

# 有孩子的地方就是天堂

感谢造物者创造了孩子，如果不是这群天使，世界多么枯燥乏味，就像人类没有音乐、文学和绘画。

我觉得孩子生来就是修缮世界的天才艺术家，他们就是清泉、花朵、阳光、雨露——地球因他们纯净、明亮而生机勃勃。比如我的女儿，她不管我是谁，就勇敢地来了，安详地躺在我怀里，那么信靠，毫无犹疑。记得我第一次带她洗澡，她吓得一把揪住我的眼镜腿。即使是眼镜腿，她便不那么害怕了。从小到大，这个孩子一旦饥饿、惊惶、害怕，都会扑向妈妈，是她让我迅速成长。

这个世界好奇怪，各行各业都有上岗证，唯独做父母可以无证上岗。或许是造物者相信我们对孩子有足够的爱。

孩子出生就睡在我身上，护士说这叫亲子体验。当时我一直在想，这个肉乎乎的小生命就是我的孩子吗？惊讶、陌生、尴尬，欣喜是慢慢滋生出来的，至于幸福，那要来得更迟。

母亲这个角色，其实是在和女儿同步成长，甚至我常常要慢她半拍。好在所有的孩子都是天才与天使，他们有足够的耐心和力量。

刚上学的时候，她不好好吃早饭。有一天我忍不住批评了她，害得她一早哇哇大哭。

我一整天都在担心她的心情。

　　放学时间没到，我就早早等在校门口，好像罚站。一个劲儿想着怎么安慰，怎么弥补，总之要让她知道，妈妈那么做仅仅是因为爱她。

　　女儿却和往常一样，看见我，老远就蹦蹦跳跳扑过来喊："妈妈，妈妈。"

　　我抱住她。她摊开粉红的掌心，一只白纸做的精致小鸟："妈妈，这是我午休的时候给你做的礼物。"

　　我永远也不能忘记那瞬间的感动。

　　我知道，清晨的不快丝毫没有影响这个孩子，她度过了快乐的一天，而且心里充满对妈妈的爱。

　　回家路上我一直抱着女儿，就像她托着她的小鸟。孩子何其娇小，可心灵何其博大，其中的清澈和敦厚真让我这个满口称爱的母亲羞愧。

　　等她再大点儿，我给她讲山姆·麦克布雷尼的《猜猜我有多爱你》。小兔子告诉大兔子："我爱你一直到月亮那里。"大兔子说："我爱你一直到月亮那里，再回到这里来。"

　　女儿听完抱住我说："我爱你有 10 个月亮那么远。""我爱你有 100个月亮……"我们俩比啊比啊。可是女儿突然说："妈妈，我爱你肯定超过你爱我，因为即使在你对我生气发火的时候，我也依然爱你。"

　　我输给了女儿。

　　为了配得上女儿的爱，我要求自己戒绝种种涂抹了爱的名义的暴行，包括批评、生气、发火、否定。每每不小心犯规，我必定用黑笔在日历上把那天涂成全黑。

　　不知不觉，我和越来越多的孩子成了好朋友。

　　女儿班上那个胖胖的"电脑博士"，那次我们在公交车上相遇，聊得停不下来，只好往前多坐了两站。就是这个孩子，他用油乎乎的手抓着薯片塞给我，说："阿姨吃吧！"

　　折柳小学的那个小姑娘，她来找我签名的时候，嘴角还有颗饭粒和红红的肉汁。等到告别，这个甜面包一样的小姑娘追上来告诉我："阿姨，我好喜欢你。"

我把她抱起来，告诉她："我也喜欢你！"

走了两步，回头发现她还追在后面。只见她卷着裙摆，不无羞涩地加上一句："阿姨，你真漂亮。"

我忍不住回身亲亲她："孩子，你才漂亮！"

她追逐的样子、灿烂的笑容和闪光的眼睛让我久久难忘，我仿佛看见了她那颗激动的、蓬勃的、欢快的心。

还有两个坚持要送我铅笔的小姑娘，那个告诉我乳名的辫子女孩——那些天真、羞涩、活泼的面孔啊，星星一样洒满我的心。

我总是不厌其烦地告诉他们："你们就是天才，就是宝贝，因为在这个世界上，你们每个人都是唯一的。"

多年前，我曾采访过发明盲文书写器的 12 岁的季烨剑，弯在轮椅上做电台主持人的少女作家周明珠，获得十多项文学奖的聋哑女孩张悉妮……他们先天不幸，承担着种种缺失，可他们又无比幸运，因为他们都拥有最信任他们的父母。最好的父爱母爱就是对孩子确信无疑，确信他们能创造奇迹。

儿童节记者采访我，当我说每个孩子都是天才时，他不禁瞪大了眼睛，好像听错了，反问我："每个孩子都是天才？"我点点头说："是的，我一直觉得每个孩子都是天才。"

一直以来，我在很多大人面前都会失语。但是不管什么样的孩子，我看到他们都亲，就像鱼儿见水。在我心里，有孩子的地方和有书的地方一样，就是天堂。

# 流连在快餐店的男孩

　　那是一个悠闲得有点无聊的午后，一个人坐在快餐店，消受着洋快餐，读着一本有意思的小说。

　　男孩是随着一张纸签来到我面前的。

　　准确地说，是那张纸签优雅地落到我的面前，把我从小说里拔了出来。

　　我不经意地接过纸签，原以为是快餐店的服务生递过来的一张广告。在那里接受广告已习以为常，好像也是另一种意义上的享受。服务生很恭敬地递将过来，喧哗而不失精美的广告画让你耳目一新之余，也体味到一份殷勤。

　　不过这张优雅的纸签真的让我有些始料未及，我拿起来就发现它不是我料想中的广告，而是一张过了塑的白纸片，名片大小，系着一根黄绳子，绳子牵在男孩手上，我这才看见男孩稚嫩却沉静的脸。

　　我感觉到了一丝不同寻常，于是再把眼睛挪回纸签。因为心急，眼睛一路直扫到那几行黑字后的落款：残疾人协会。

　　那几个字微微有些分量，其实我不应该那么震惊的，更不应该抬头去看他，也许是第一眼我没觉出他的异样。有了这几个字的说明，我和他显然容易沟通了些，他有经验地接住我探询的目光，并且老到而精确地点点头，仿佛需要说明什么的是我。

我也呼应了他，给他一个内敛的微笑，他的眼睛灵巧地抓住我的呼应，手眼并用地指示我再次阅读那几行黑字。他竟然看穿了我方才的走马观花，我的脸有些发烫，一边认真地跟着他的手指去读字，一边觉得自己正在膨胀着的某种虚弱，这种虚弱的生理反应就是脸红了，心慌得不知其所。

周围依然是热腾腾的人气和有些多余的不知名的背景音乐，附近的几位食客朝这边张望着，若即若离。

我终于明白了他手指的意思，那并不完全是用来帮我指读，那也说明了另外一层意思：他只会用手说话，因为他是个哑巴。

纸签上写着："为了支援残疾人事业，请你奉献一片爱心，购买我们的产品，价格分三元和五元两种。请君慷慨解囊。"

三元和五元下面勾画了一道红线，着重强调的意思。

男孩等我读完，就从他黑色的挎包里拿出一串钥匙圈，很粗劣的那种。街头经常有卖的，运气好的时候一元钱可以买三个。他冲我竖起三根指头，同时也看出我的淡然，于是赶紧把东西塞进挎包，换出另一种产品。

还是一串钥匙圈，只是体积比刚才的稍大了些，但粗劣是一样的，这回他朝我伸出了一只手。我懂得他的意思，那瞬间我瞥见了他手臂上有两块污迹斑斑的伤疤。

我没犹豫，给他五块。他娴熟地解开那串东西，挑了其中一个，准备给我的时候，发现什么不妥。他冲我热情地笑笑，把钱和那串东西一起放进包里。我不懂他又要做什么，但对我已经不重要了，我微笑着看他手忙脚乱，没有任何期待和防备。

他竟然从包里掏出一个包装完美的钥匙圈给我，样式依然是五元的那种，但毕竟没拆过封，这多少符合我的洁癖。我甚至感激他对我的体恤了。我有些喜欢地把它接在手心。我以为推销完毕，他该走了。

　　他并没急着走开，只见他严密地拉好开了口的拉链，然后把先前落在我面前的纸签反过来，再次用手指着我读：好人一生平安。

　　这回我没有被老师抓瞎时的心虚了，取而代之的是一份融融的暖意和受宠若惊的愧疚。

　　看出来他是个敬业的孩子，我有点佩服他这种极富创意的谋生方式。我们彼此点点头笑了，许是我也想祝他平安吧。

　　他好像没我想象的那么"平安"，因为紧接着我看见他遭到好几个人的谢绝。那些人比我敏感老辣，看也不看纸签就知道他是个要钱的。他们腾出拿汉堡的一只手，不容分说地挥着男孩和男孩准备递过去的纸签，撵苍蝇似的。

　　也有腼腆一些的人，他们大都是些妙龄女孩，她们像接到一封匿名求爱信一样，仔细而又费力地读着男孩的"征爱书"，读着读着小眉心蹙到一块儿，仿佛倒了她们娇气的胃口。她们有礼有节地把纸签还给男孩，然后有礼有节地挥动她们的素手，眼睛不遗余力地把男孩抛开去。

　　好像这也是哑语的一种，男孩看了那样的眼睛，收回自己的纸签，转身又把它递给了下一位。在频频遭受拒绝的过程中，他没有一丝惶恐或羞怯，也没有失望和生气。他的热情具有不屈不挠的韧性，仿佛能抵御任何程度的冷漠和讥讽。

　　他一路征询下去，也一路被谢绝下去，片刻间偌大的餐厅好像对他达成了某种默契。最后他有些累了，但不是失望。他停在空处直了直身子。毕竟他这漫长的一路是弯腰挺过去的。

　　我不禁对他生出些微的酸痛。

　　有一瞬间我甚至很想上前去和他聊聊，想知道他来自哪里，他的生活状况，他读不读书，他的希望和理想是什么。可仅仅一瞬间，这念头就跑了。

　　我看见他突然傲慢地挺起了身子，同时迅捷地把带有黄绳子的纸签巧妙地插进裤兜，眼睛气定神闲地落到人群中，像个寻找位置期待落座的宾客。

一个身穿制服的餐厅服务生昂然地从他面前走过去。

服务生一走过，男孩就松垮成原样。但他仍机警地看看服务生远去的背影，然后拿出他的纸签，朝最后那两张餐桌走去。

他的腿脚移动得很有气势，一点也没有落魄和受惊的味道。这时候我才反应过来他的精明，想必快餐店不欢迎他这样的生意人，原来他的生存经验如此丰富，这真让我为他高兴。

我突然觉得，在这彰显优雅和体面的餐厅里，真正的主宰者不是身穿制服的服务生，也不是挥霍潇洒的食客，而是他这样一个尽心尽力亲手设计自己生活的人，我们统统是他的设计对象而已。我发现心底的那点同情是那么苍白和多余。

男孩最后面对的是两对情侣，男孩显然充满希望，他对他们同时散发了他的纸签，原来他还有备份。发完他就感觉很好地在他们之间踱步，像个监考老师，随时准备收视他们的成绩和表现。

第一对情侣显然是情深意笃了，他们互相递了一个微笑，就把纸签退还给了男孩。

男孩遭到拒绝后赶紧把身子对着另一对情侣，这时他眼底明显有了渴望，他急切地伸出手指，急切地点点纸签后面的"好人一生平安"。

这一对看上去彼此羞涩，小姐的脸蛋红出一朵笑靥之后，先生很快地慷慨解囊了。

男孩终于有了收获，他很满意地把收获放进挎包，双手插进裤兜。只是这回不是伺机逃避服务生的驱逐，而是凯旋。

# 亲爱的小姑娘

## 一

三月的平原，仍是冬的气质。光秃秃的杨树直指蓝天，干净磊落，树林尽头是明祖陵。青砖铺就的石象路，足音寥落，游人稀少，丝毫没有风景名胜的热闹。

陵墓旁有两摊子卖香的农人，他们不善生意，张着嘴巴，好奇地打量我们。陵墓后面是辽阔的原野，渺茫处有一处低矮的农庄，想必那是他们的家。

"阿姨，买样东西吧？"十来岁的一个小姑娘，手里提着两个竹编的玩意儿，灵巧地从我背后冒出来。

"这是什么？"细竹篾子编的身体，宽竹片做的翅膀和尾巴，眼睛点了两星大红。

"小鸟。"

小鸟吗？它们不漂亮，也不精致。小姑娘的普通话倒是清晰大方，我越过小鸟去看她。

她穿得非常单薄，没穿袜子的脚冻得像红山芋，塞在脏兮兮的布鞋里，脸和手被风吹得红扑扑的。

"你编的？"

她点点头。

"为什么卖这个？"游客这么少，她的生意一定不好。

"买本子和笔。"她的牙齿洁白而齐整，毫不含糊地答完，黑眼睛倔强而有尊严地望着我，随即又垂下去。

她手上一共两只鸟，我都买了，没要找零。她懂事地欠欠身子说："谢谢您！"双脚不安地在地上跺着，有点诚惶诚恐。

"不用谢，记住好好读书，一定哦！"

"嗯！"她幅度很大地点头，似乎用了全身的力气向我保证。

同行的人笑我迂，不解我为什么买它们，还买两只，而且不还价，好像我上了小姑娘的当。善意的嘲笑声中，我的心忽地越过这彰显气派与威严的明祖陵，越过先前"为赋新辞强说愁"的怀古愁绪。

## 二

多少衣食无忧的孩子视读书无味，沉湎于消遣与游戏，甚至觉得学海苦无边。事实上，这些骄子只要肯好好读书，家长奖励吃奖励玩，条件开得要多优厚有多优厚。

我多想让他们认识这个小姑娘。

这个爱读书的小姑娘，每天帮妈妈做完繁重的农活之后才能做功课。她的功课非常好，可妈妈穷，一直打算让她停学。小姑娘私下里想办法编小鸟。每个周末，她天不亮就起床，做早饭，喂鸡喂猪，摸黑跑过田间小道，爬过土坡，偶尔有野狗追咬，她吓得摔了一跤，膝盖摔破。

我多么熟悉这样的小姑娘啊！

为了读书，那个11岁的小姑娘每天往返十多里路，起早贪黑穿行在荒无人烟的田野上。唯一陪伴她的是铅皮饭盒与调羹发出的叮当声。饭盒里是洒了几滴酱油的米饭。

途经一片坟场，几十座高大的土坟，在晨霭与夜雾中狰狞至极。她常常吓得尖声大哭。除此以外，她还得对付刁蛮的野孩子、怪异的精神病人，以及草丛里朝她吐舌头的青蛇。

老师照顾她，让她住校。木架床仅仅是空架子，床板要自己去垃圾堆上找。长短不齐的木板和木棒拼凑成床，晚上不小心踩错地方，会当场塌陷。

小姑娘最怕老鼠，可宿舍就是老鼠窝。它们自由快活地床上床下爬，自由快活地咬她们的衣服，钻她们的被窝。不管什么时候推门，里面都像闹土匪。

猖狂的是深夜，小姑娘睡着了，老鼠在她的被子上打架，凑在她耳边唧咕唧咕叫，在她的手臂上游走，在她的被子上拉屎撒尿。

她尖叫、恼怒——可为了读书，统统无条件接受。

这个小姑娘是我。

要是我抱怨，冬儿准会骂"身在福中不知福"。

冬儿也爱读书，她认为有书是前世修来的福。她羡慕甚至无比神往地听我诉苦，好像听童话。

整个童年冬儿只穿过一次新袄，袖子卷了三圈，下摆拖到小腿。这不是为了扮酷。妈妈是预备她窜个子，做大了可以多穿几年。

世上一定有成千上万个冬儿姑娘，当年我那么拼命读书，多多少少也为冬儿。

## 三

和这明祖陵的小姑娘不同，那年我在天涯海角遇见了一群南国小姑娘，她们少数民族装扮，伶牙俐齿，热情似火。

"阿姨，买个纪念品。"她们抱着海螺、贝壳、珊瑚四面包抄上来，"买一个，不贵的，二十块钱。"

"十五?"我们逗她们，更多的小商人呼啦啦凑上来。

"十块?"有人加大难度。一个小姑娘把一株颜色并不正宗的珊瑚一举说："给你。"

其他小姑娘急了，纷纷抛却客套，各个击破。她们像群可爱的猫，扑过来拖着拉着拽着，发嗲的，卖乖的，撒娇的，使苦肉计的，不一会儿，我们都成了她们的"俘虏"，海螺、贝壳、珊瑚转到了我们手上。

"她们上学吗?"我问导游，我一心希望她们是假期为了补贴家用和挣学费来打零工的。

"不上学。"导游不无抱怨地说，"这些小家伙可精明了，赚得比大人多。现在旅游景点都兴这一套，小孩子嘛，更容易糊弄人。"

所谓的容易，是说孩子在我们心里原本是天真的，弱小的，容易引发人的善心与同情。

可是想想那群火辣辣的小姑娘，哪里还能寻得"天真与弱小"? 我忍不住担心，她们小小年纪就懂得了精明油滑，过早地"商"化，将来会有什么样的人生?

# 四

无独有偶，在文学大师沈从文先生的故里——湘西风景区也有一个推销竹编蜻蜓的小姑娘，她看上去清纯可爱，乌油油的黑眼睛仿佛沈从文笔下的翠翠。

难得她出口成章："阿姨，请买只蜻蜓吧，带到沈从文爷爷墓上去。"

我忙不迭地掏口袋。

蜻蜓不贵，一块钱一只。我随即掏出一枚硬币递上。想不到她们那里经济落后，只流通纸币。

小姑娘好一通解释，我才大致明白，真是很意外。我赶紧上下翻找，可找遍了就是不见一块的纸币。

我刚准备给她一张大额的钞票，小姑娘却等不及了，好像我在假装没零钱。她突然一改温柔，凶巴巴地兜头骂了句"吝啬鬼"，转身扑向下一个游客。

她的礼貌、热情、亲切、真挚一下消失得无影无踪，难道这都是那一块钱纸币的附加值吗？这不重要，关键是她出卖了对沈从文爷爷的景仰，原来那都不是真的，只是商业手段。

沈从文笔下的翠翠跟着爷爷摆渡为生，也算是生意人。可他们穷不失志，谁要是客气多撒把钱在船上，翠翠必定一个一个捡起来还给人家，纯洁得接近高贵。

翠翠和这骂人的小姑娘同根同源，怎么生了两副嘴脸？

想起一个朋友的劝告："千万不要给乞讨的孩子施舍，否则就是纵容他们懒惰、猥琐、自私、放弃尊严。"

难道"新翠翠"是我们滥爱出来的吗？

也许起初她和翠翠，和明祖陵的小姑娘一样单纯美好，只是后来她渐渐老到了，变得像天涯海角的那群小姑娘一样泼皮，甚至泼辣——

五

当年明皇朱元璋一步登天，他大兴土木修建明祖陵，目的是感激祖恩。想不到几百年后的今天，他能援助这个想读书的小姑娘，兴许这些稚拙的小鸟真能驮起她的读书梦！

　　这些星星样四处散落的小姑娘啊！她们应该被呵护，被疼爱，被尊重，安安静静坐在窗明几净的教室，有"先天下之忧而忧，后天下之乐而乐"的先生教她们读书做人，她们应该抑扬顿挫地诵读"小娃撑小艇，偷采白莲回"。

# 我的伙伴们

## 小乌龟

那是初秋的一个正午，我经过公园的石桥，一个相命先生拦住我，要卖我一只小乌龟，他列举了养龟的种种好处，也说了很多我的好话，太阳晒得他面色暗红，嘴唇干裂。

"不贵，才二十块，我给你在龟背上刻下你和爱人的生辰，这样你们必能天长地久，海枯石烂……"

我简直被他的坚持打动了，他怕我犹豫，又说："大姐，我到现在还没吃饭呢……"我马上给他钱。

他非常高兴，敏捷地转身找块石头趴下来，掏出刀子，把我和我先生的生辰一笔一画地刻上。时间过去多年，我还能记得他黑头发里晶莹闪烁的汗珠子，还有他的敏捷。尽管他已人到中年，过了敏捷的年龄。

我们把小乌龟安置在一个长方形的玻璃鱼缸里。鱼缸很深，小乌龟总也爬不出来。小乌龟非常安静，除了挑食，我们没发现它有什么问题。它只吃生肉，再饿，对熟肉和其他东西也一律不碰，怎么丢进去还怎么倒出来，很矜持。

我们常常一连好多天疏忽它，想起来才喂。喂它的时候我们特别儿女情长，帮它换水，嗔怪它把鱼缸弄得又脏又臭。女儿惶惶地从玩具堆里跑出来，误以为我们又有了一个孩子呢。

小乌龟养在厨房的水池旁。那回休假，我把它挪到电脑桌上陪我。等我进入写作，周遭的一切都被我忘了，更甭提小乌龟了。

然而有那么一天，我的眼睛不知怎么飘出了电脑，发现小乌龟正吃力地用两条腿勾住鱼缸口，脖子伸出来老长，专注地望着我，眼睛一眨一眨的，好奇而天真。我被它感动了，我第一次看见它的眼睛，我肯定它也看见了我。

它什么时候学会爬那高而滑的玻璃壁？以前它爬两下就囫囵滑下去，"咚"地摔到底盘上。它长大了吗？腿有劲儿了？它爬上来费力地伸长脖子朝我望什么呢？它是不是很纳闷，女主人为什么天天这么专注地坐着？或者它只是在模仿我？我忍不住丢掉东西望了它好一会儿。

小乌龟来我们家的第三个冬天，它在鱼缸里一动也不动，不吃不拉。很多天后，我打扫卫生，看见它在鱼缸里褪了一层壳，觉得很恐怖，心想它一定是死了。

我责怪自己粗疏，悄悄把它连壳倒进了垃圾袋。当时是晚上，垃圾袋寄放在楼下防盗门外，没来得及投进小区的垃圾箱。

不想先生深夜归来，进门就问："是谁把小乌龟扔了？"

我刚想说它死了，先生却像变魔术般从口袋里掏出小乌龟放在桌上，小乌龟还是一动不动，硬邦邦地缩着。

"它冬眠了。"

"哦，冬眠。"我惊呼起来，我怎么忘了乌龟会冬眠。我们对它随即有了失而复得的惊喜和疼惜。

我们后来这样问它的救命恩人："冬天的午夜，楼下又没有灯，你是怎么发现小乌龟的，再说它在垃圾袋子里，你怎么会去注意垃圾袋呢？就算注意到了，又怎么能确定那就是我们家的垃圾呢？"

"不知道，我就是觉得那袋子里有你们不该扔掉的东西。"

先生从垃圾袋里捡起过他的破袜子、没水的圆珠笔、草稿纸。唯独这次捡小乌龟来得最传奇。

我们习惯了跟小乌龟说话，习惯了洗碗的时候顺便给它洗澡，切肉的时候，把肉悬在它的额头上引它立起来扑腾着食用。小乌龟也习惯了我们这群记性不好的人，饿了就在里面扑通扑通地跳，或者呲呲地吐水。兴致好起来，它也有幽默感，会趴在鱼缸上朝我们做引体向上。

小乌龟长得很慢，但它一年又一年地跟着我们，再慢也长大了。鱼缸对它来说变得越来越窄。那年先生生日，我们决定把它放生，顺便换只小的回来。

我们商量了好几次，甚至连放生地点都选好了，可是到了那天，直到出门，我们谁都没提，好像都忘了。我们只是去湖边高高兴兴地玩了一天。夜里我问先生："我们是不是忘了放生？"他回我三个字："舍不得。"

一晃我们和小乌龟已经相处十年，我们对它有过疼爱，有过疏忽，有过忘却，甚至差点失之交臂，并且很认真地打算过分别，可我们至今还是朝夕在一起。我们已经不能想象没有它的滋味。

## 那草

我在办公桌上养过一根草，三四枝绿叶，坚挺纤长，黄了我就抽掉。那草碧绿，终日精神抖擞地长着。冬天室内开空调，叶子要繁盛些，最多的时候我数了数，有九枝。

我是从一堆草里随手把它抽来的，因为贪恋它的绿，开始将它养在案头的纸杯里。后来捡到一个矮矮胖胖的玻璃杯，简简单单，它才算有了真正的家。

那草在我身边长了八年，我搬了三五次办公室，淘汰了很多东西，它却始终在，而且跟我越来越密不可分。虽然我对它知之甚少，连它的名字都说不上来。

我想它是宽容的，我对它曾那么粗心，给它换水也不算殷勤，除了给它换水我几乎再没为它做过什么。它是那么随遇而安，没有丝毫脾气。不想正是它的这种千依百顺，最终酿成了我们的失散。

那回我外出两个月，回来发现它叶子泛黄，赶紧带它去水池换水，提起来才看见它的根早已烂了。

它死了。

我待在水池旁，看它在哗哗的水流上打着旋儿，足足半分钟，我把它捞起来，轻轻扔了。

我仔细地洗掉它留在玻璃杯上的斑痕和气息。给自己讲道理：天下没有不散的筵席，这一天迟早是要来的，二十年不更痛吗？锻炼锻炼失却的能力也好嘛。

几天后，我还是憋不住去了趟草地，依葫芦画瓢地重新取回来一根草，养进水杯。

新草很绿，只是叶子肥硕了些，宽宽的，不如先前的纤长动人，到底不是跟了我八年的那根草。我发现要我忘了它简直不可能，只怕这份念想与日俱增。我越来越不能原谅自己。我常常痴痴地、苦苦地想：假如当初我把它捎回家，托付给先生和女儿，它一定不会死。我为什么没早点想到我会失去它呢？

# 石

那草的下面养了六块石，五块椭圆的雨花石和一块拇指长的石条，石条上画有绿竹，写了红色的"静"字。

　　小时候去雨花台，徒手从沙土里抠出好多雨花石，新翻出来的沙土红红的，抠出来的石子也怪怪的红，听说那是烈士鲜血染成的，我吓得"哗"地一把将它们扔了，好像它们真的附着了灵魂，不可玩弄。

　　长大了，在商店的橱窗里见到了另外一种雨花石。那是被白瓷碗养在水里的，还给取了诗意的名字，比如"疑是黄河落九天""白日依山尽"什么的，派生出如诗如画的意境，价值也不菲。但我总怀疑它们的真实与确凿，最遗憾的是，石上再不见传说中的血腥，更没了烈士们灵魂的影子，只有匠人与商人们的才智。

　　我更喜欢地摊上五毛钱一碗的赝品。完美与否尚是其次，它们特别坦诚。这五块雨花石就是赝品，花花绿绿的，当时先生买给一个小孩，随手送我五块，说："给你玩。"题了"静"字的石条倒是他后来认真买了送我的。当初我把它们放进去，是陪伴那草的，再说石也需要水的滋养。只是未承想今天那草会先死，给石徒添生离死别的哀伤。

　　那些日子我发现玻璃杯里的水干得特别快，直到我设法找来了新的替身，那水才又干得慢了，好像消了渴似的。

　　替身和那草一样，生命力极强，两天后，我透过玻璃，看见它新生出白色细长的根须，正弯弯缠绕在我的石上。我不知道石的哀伤好了没。我希望它们快点好起来，因为任何物什都难以回避哀伤，再有道理的哀伤也是徒劳无益的，从哀伤里出来是我们必须经历的。

## 观音莲

　　我有一枝莲，不是养在水里，而是长在土里盆栽。绿色的枝头，六层尖尖的叶。卖花的老太太拍着她的胸脯跟我保证过："它会生出好多枝头，不用多久，你看好了。"

　　老太太佝偻着腰，头发全白了，五官洼陷在稠密的皱纹里，一口洁白的假牙，却把花生米嚼得喷香。那双和泥灰同色的手，铁锹一样，一会儿铲掉盆里的杂草，一会儿掀掉盆栽上的枯叶，一会儿深深地挖进土里，去松动土里的根。这双手令我想起了那抚摩在婴孩脸上的天下所有妈妈们的手，慈爱极了。

她的花圃搭在十字路口的转盘上，竹竿挑起灰扑扑的塑料布做成帐幔，大大小小的盆栽绿莹莹地码了好几层，有都市人喜欢的芦荟啊，油葫芦啊，仙人球啊——那里有女儿最喜欢的含羞草，手指才伸过去，它就羞作一团了。

我是为女儿买含羞草的时候看见观音莲的。

我喜欢水里的莲，亭亭玉立，出淤泥而不染。可它无法亲近。由此我喜欢笔下的"莲"，它总是能传递无限的纯洁与美好。"观音莲"这三个字不仅囊括了这些，而且还透出素朴而神圣的美。我决定买它，哪怕它生不出许多枝头来。

我买它的另一个原因是我想让这个老太太高兴。我太喜欢她在花圃里忙忙碌碌、自得其乐的样子了。我希望她永远在那里高兴着。我简直抑制不住对她的喜欢，没事就要停在她的铺子里。

她主动告诉我："我已经83岁了，儿子孙子一大群，个个都有出息，都是我卖花卖出来的。如今他们看我老了，不让我养花，要我休息，我不干！我要卖花，我就喜欢花草。自己挣点小钱，买点花生米，喝点小酒，我乐死了，他们不懂我有多乐。"

我被她逗得仰面傻笑，在忙忙碌碌的日常里，傻笑的机会不是很多。

我把她的莲买回来放在窗台上，春夏秋冬都过去了，它始终没像老太太说的那样发展壮大，当然也没衰败。六层尖尖的叶子终日饱满地翘着。有一阵我以为老太太对我吹牛皮，它根本不会生出什么新枝。即使这样，我还是喜欢莲，喜欢老太太。我把它养在窗台上，有空给它浇过几次水。

一个冬日的午后，我惊讶地发现观音莲生出一根毛茸茸的新头，米粒大小，六层尖尖的小叶子，每片都不含糊。

第二天，第三天——新头次第生了出来，一发不可收。

我想：这之前它不会一直在考验我吧？

观音莲欣欣向荣地盛开着，全然不管我的讶然，也不顾窗外冬意正浓，特立独行极了。它在自己的春天里，又像是为了回报老太太的确信，以及我对它的耐心。

坐在莲下，我几乎能瞧见老太太——昏黄的灯下，她跷着二郎腿，端了小酒杯，嘴里嚼着花生米，醉意朦胧老顽皮地问我："我没骗你吧？我不会骗你的！"

我窗户的拉手上还系了一捆情人草，新鲜的时候，它开纯紫色的碎花；死了，变成娇艳欲滴的一束嫩黄。我从没见过这样艳丽的结束，难怪人们要给它取那么美丽的名字，要是世上每一场情谊终局都这样美——美得有境界、品位和余味该多好。我让它悬在我的窗上，作为我又一个有趣的伴儿。

我的伙伴其实远远不止这些，它们笼统到身边的城市、空气、阳光，具体到一根针、一团线，数不胜数，又统统情深意长。大多数时候，我想不起来它们，就像常常想不起来"我"一样。

# 慢慢靠近

亲爱的孩子们，辰读班两周一次的朗读课（注：我在一所小学带领的阅读课）上了快一年，我们结成了深厚的友谊。每次我坐在图书馆等你们，你们就像快乐的子弹一样射进来，以各种各样的方式来亲近我。

石头是最认真打招呼的人。你每次对我说"老师好"或"老师再见"，一定得把黑石样的眼睛望到我眼底与心底才算。人再多再混乱，你也坚持原则。

书上说，除非在小事上忠心，否则你不会在大事上忠心。凭着这份认真，甭说今天的读书学习，在将来的工作生活中你都会有不菲的收获。我对此深信不疑。

"朗"这学期才闯入我的视线。你对读书的热爱慢慢感染了我，你每次都会坚持坐在我对面的椅子上。就像我小时候爱看电影，总是早早去抢最喜欢的位置一样。

那节课我读黑塞的《园圃之乐》，读他写暴雨和植物的一段，完全是耐心细致到幽微的描写，句子很长，语言也佶屈，没有故事情节，不少耳朵听着听着都走神了，我看到有人打哈欠。

读完后我声明，这是一段比较不好听的文字，但恰是一段极其珍贵与罕见的好文字。我这么读只是想告诉大家，文学世界中还有这么安静高贵的、无欲无求的、脱俗飘逸的文字。

"我知道它冷僻，但就是想拓展大家的视野。"

作为朗读者，读那些引起大家共鸣、逗人哈哈大笑的文字固然有意思，但我更想给大家介绍珍稀品种，哪怕未必有趣。

我记得那天我是怀着淡淡的歉疚离开的，也在心底质疑：到底该不该读这种艰涩的文学给这么小的孩子。

未料下一课，你提早十分钟来了，冲上来就告诉我："韩老师，我回家查了黑塞……"你一口气说了很多黑塞的信息。

"你感兴趣？"

"当然。"

"你真的喜欢？"

"喜欢啊。"

你那明亮如火焰般的目光深深地安慰与鼓舞了我。我是多么感激你呀，孩子！

这节课晨读班的组织者周老师外出，大家自觉地按规矩坐好，我抓紧时间朗读。你们不时发出的抑制不住的笑声告诉我，我的朗读不用任何过渡就抵达了你们的内心，这是多么深的默契和好的秩序。

我们之间再也不用任何寒暄就可以进入文学。

对面钟上的分针秒针滴答滴答走得那么快，我不得不珍惜时间，不得不加快速度。我想一口气把这个叫《奥斯卡与玫瑰夫人》的中篇小说读完。我还准备再给大家念个小童话，温暖甜蜜的。

因为今天奥斯卡就要死了，我想在这个沉重而哀伤的故事之后加上甜点，缓解一下神经。

是因为后面少数几位男同学的玩闹很刺耳吗，还是故事情节越来越揪心？坐在前面一排专心致志的你们，不知从谁开始，小椅子·点一点往我面前移。你看我，我看你，大家比赛着朝我进军。

像一支目标明确、态度坚决的蚁队，你们锁定了我嘴里的故事，但又不想打扰我，只是一点点地移动小椅子，轻轻地，不露痕迹地，我只是一步一步感受到你们的气息，越来越热烈。

好像十多把火苗聚拢到我额前，我知道你们每一颗渴望知识的心都可以燃烧成熊熊大火。

我像被你们的热情炙烤着读完了最后那段文字，好在你们的心和我在一起，你们的思想与我和鸣。我们那么多人一起分享奥斯卡的生命故事就有了力量与理性，没有我担心的灰色与凝重。

我们很好地化解了悲剧，几近完美，你们的理解超出我的想象。我再次体会到分享的美好滋味。是的，当许多心一起向着明亮那方，我们是多么有力量。

最后的局面是你们的腿抵住了我的腿，你们的脑袋挨到了我的肩膀，你们的乳香扑进我的鼻息，你们的目光从各个角度甚至拐着弯儿聚焦到我手中的书本上。你们的呼吸与奥斯卡和玫瑰夫人完全一致。

我知道，亲爱的你们团团围住的是书和书里的故事。而我只是局外的朗读者，就像合唱团的指挥。

我的指挥在你们思想的合唱面前渐渐不需要了。当我最终置身事外，你们的灵魂隆重登场了，那正是我最幸福、最满足的一刻。

亲爱的孩子们，从你们在我对面一字排开，到最后被你们团团包围，这一过程我永远也不会忘记。

我更愿意相信你们靠近的是知识、真理、智慧。靠近吧！纯洁的孩子，一直靠近，无止境地靠近。

或许有一天，你们也会成为朗读者，被另一群渴望知识与光明的心灵靠近并团团包围。

# 我们在一起读

今天是本学期辰读班的最后一节课。

小叶子班长每次都那么忙碌和殷勤，她要召集各班同学，我看见她负责地在每一个班门前吆喝，细心地帮我拿来"小蜜蜂"。等朗读开始，她总是我面前那个瞪大眼睛聆听的人，神思与我紧密相随，从无游离。

偶尔身后几个男生调皮，她会扭头快速地、不满地瞪他们一眼，马上又明晃晃地对着我。

她的脸特别白，白得让人想起珍珠。

我说她是我的女儿，我们见面总要抱在一起。

杨大队委冰雪聪明，颖悟自尊。很多课她坐在我身边，她的回答总是最周全的，她的朗读也格外好。她几乎是我表扬得最多的一位。

她真的非常特别，无论是安闲地远远静坐还是夹在人群深处，她身上那种超龄成熟的内省与深沉总会让她一下子脱颖而出。即使没人告诉我她是谁，我也愿意喊她，情不自禁地对她有好感。

她是个感情深沉的孩子，可是那天她趁着人多，悄悄跟我说"老师我特别尊敬您"，那么由衷而认真，当然也羞涩地红了脸。尽管我们关系已经很近了。

今天她来晚了，坐得远远的，我伸长了脖子也看不见她，我生怕冷落了心中的公主，喊她读书，她果然乐意地上来。这样我才稍稍安心了些。她就像园中最美的花朵，不给予关注好像会辜负她的美。

其间，我心心念念地牵挂着那几个在我课上零星发过言的孩子，他们表现都不错，但多数时候保持沉默，因而也被沉默所遮蔽了。

无论多牵挂我还是会有疏忽，尽管我不想疏忽任何人。但事实上这不可能。一节课就那么多时间，我只能与那么几个声音对话。

我尽力地望着他们每一个人笑，我希望他们都能看见我爱他们的心。

意外的是，"双眼皮"今天送我礼物了。

他很羞涩的样子，有点难为情。他在课上的表现不算好，总不肯发言，我对他"威逼利诱"他也不说。但今天，他红着脸送我礼物。礼物可能是妈妈准备的，但他的表达那么真挚、深情而由衷，真叫我意外极了。

送我巧克力的男孩儿我没注意过，他发过言吗？我真的没印象了，那组男孩子喜欢挤一起，头总低着。我只记得几个泼皮猴儿。

他不仅认真准备了精美的巧克力礼盒，还写了发言稿。至此我才发现他是个多健康、多壮实（站在我面前很高大）、多美好的男孩子，他认真地拿着发言稿念，我不得不从椅子上站起来。

因为一学期终了，因为快过年了，课前，他们要集体感谢我的带领。

意外、欣喜之余，我觉得羞愧，该说谢谢的是我。他们一定不知道，或者永远也不会知道，我从他们那里获得了多少。

我两周去一次，像去泡文学温泉，将所有的都忘掉。浓墨重彩地打扮，我要以最好的样子和文学一起呈现，我领他们走过的一个又一个四十分钟是一场见识文字多优美、文学多浩荡的小旅程。

我奉上的是我们共同需要的灵魂之粮，我认为最精致、最完美的糕点。

从米切尔·恩德的《犟龟》开始，我也是想要拿出犟龟脾气。本来我是不敢去做这个阅读带领的，但我想的是尽我所能和所有，领一段是一段。我想在他们生命之初，将读书与梦想的种子不经意间埋进去。我指望的是他们的未来，而不是现在。

我喜欢他们挨个坐在我对面，静静听读。

他们不大发言，但凡说出话来，都特别棒，而且他们能二十多人说一圈不雷同。他们确实叫我震惊，如此别具一格，懂得创造。

印象中你像一颗顽石，应该是很调皮的男孩子，大眼睛、高颧骨，身手机灵。那天你坐得离我很近，我能望见你黑石样的眼眸，那么无邪干净。你的发言很有意思，叫人想不到的深邃和妥帖。

我们是那天认识的吗？

今天你说我在你们心田栽下了文学的幼苗，这席话你没有准备，但真诚由衷，我隔着很多脑袋又一次看见你是最亮的那颗石头。

你，像没睡醒也没长大的那种永远不会使坏的乖男生，白白的、圆圆的脸，眼睛大大的，睫毛长长的，女孩样秀气。

你跟我说："今天我生日。"

你说的时候双脚长长地伸到别人椅子下面，眼皮眨巴着，目光有一搭没一搭地望向我，好像在看我的反应。我确实惊讶，我蹲到你面前，连椅子抱了抱坐着的你。

"真的吗？祝你生日快乐！"

本来我想开课之初祝福你，但我想让你惊喜一下，于是迅速地调整阅读顺序，把诺贝尔文学奖获得者吉卜林送给儿子的那首长诗《假如》放到最后，而且请你朗读。

你读得磕磕巴巴，有点气喘和心虚，最后我怕你坚持不住，那首诗实在太长了，翻页的时候我上前去帮你，我依着你，像依着一棵稚嫩的小树。

米色羽绒衫鼓鼓囊囊，把你裹得像圆滚滚的皮球，周老师在对面拍照，我真想像任何一个母亲对儿子做的那样，伸出一只胳膊搂着你，另外一只手帮你抻平皱巴巴的衣角。

但我忍住了，我怕惊动你，也怕打扰。我看见你最后伸出手指着诗句一个字一个字地读，实在是支撑不住了，但你没有放弃，你坚持完成了任务。

我张开怀抱拥抱了你，祝福你做到了诗里说的一切。

男孩子，想起那一幕我仍记得你费力的鼻息和不连贯的断句，可是这何尝不是我听到的最美的朗读呢？

你在生日这天朗读这样意义重大的诗，这诗多么适合给一个十一岁的男生当生日礼物啊，连我自己都觉得凑巧。

你读的时候一定非常激动吧？你会不会一直记得读它的艰难和美好。

我的清水芙蓉，你总是很恬静，不多话，不点名绝不发言，但一旦让你说，也从不叫人失望。你是多乖巧的学生，多听话的女孩，真叫人望一眼就喜欢。几乎每次我的目光投向人群都要寻找你，仿佛你明净的样子能告慰我什么。

我们每节课都有一瞬间是最美好的，是我朗读出感情的时候，是我提问而你们巧妙回答的时候，是我激动地说出我意料之外的感慨和想法的时候。

我们会忽然忘记时间，忘记外界的一切，我们就是和赛珍珠、罗丹、茨威格、托尔斯泰、海明威、杰克·伦敦——穿越时光相聚在一起。

我们像浮游半空的精灵，思想在自由起舞。我们是咕咚咕咚吮吸文学甘露的婴儿，我们得到了上天的恩赐——人间智者的灵光，从故纸堆中，从千万年前，刹那间闪烁在我们面前，交相辉映。

　　如果你们的灵魂在那一刻是闪光的，是澎湃的，是滚烫的，是欣悦的，那么我所做的就没那么可笑，我所预备的就没错谬。

　　对于这件事，我仿佛是得到神的指点。偌大的书堆里我找谁去见你们，我虽然担忧却不慌张，我总觉得每次都带去了最好的。何况我们多么幸运，前辈为我们预备的粮食实在太丰厚了，我们就算从今天读到白头也可以朗朗地、无忧地、幸福地读下去。

　　我相信我们今天在一起读过了，明天、后天，我们会永远在一起读。我相信。

# 遇 太 行

少小念"太行王屋二山",也料不定会在中年,一个湿漉漉的九月午后,与一群挚爱儿童文学的朋友来到太行山。

但见一块块土黄色的耸天巨石,万仞壁立、千峰如削。其架势与气魄,与南方四季葱茏的秀山不同。

上午参观过红旗渠,想想半个多世纪前,那些和我们一样的凡胎肉身,铁索吊着攀着爬着,肩挑手凿一巴掌一巴掌开山劈渠,人定胜天,一如愚公移山。人的不信命、不服输、重定乾坤的精神与意志图腾山峦,成为永不磨灭的壮丽。

山自巍峨无声,那些钻山豹样的劳动者与创造者的号子,我却依然听见。

我是被那些不妥协的精灵唤醒了吗?

多年的风湿让我畏惧风雨,午后淅淅沥沥下起了雨,按理我会裹得严严实实窝在车上。

下车就遇上推销雨披的,他威胁着叫卖说:"上山雨披肯定管用,挡雨事小,主要挡风,山顶很冷。"

我一口气买了两件,如他所说,我要御寒。

游人稀少,门票办理缓慢,我们像避雨的鸟儿一个挨一个缩在檐下。师姐谢倩霓光腿穿着裙子,我赶紧给她一件雨披。想着山顶更冷的忠告，剩下一件一时舍不得穿上。

左右站着的林彦与黑鹤像舍弟一样关切地说："穿上穿上，冷就赶紧穿上。"

说话间帮忙拎包，我只好听话地穿上那件薄如羽翼又烂如纸灰的御寒神器。

游览车加速度上山时，感觉即便穿上盔甲也无用。

山势越高，风和雨越精神，飞龙峡湿滑险峻。天天出版社的编辑上来送雨具，千叮咛万嘱咐。安阳陪同的导游刘洋与闫宁提供上鞋套，手把手教我们怎么连鞋与裤腿系上。

山路中途被山涧淹没，必须绕崖而上。因为石崖险要，比崖高半截的黑鹤扔了伞，变成戍卫，双手扶着托着大家一个个上崖。

张菱儿心疼黑鹤淋雨，帮忙撑伞。酷爱摄影的董宏猷端着沉重的单反频频抓拍。一时间我们眼中只剩下彼与此，和脚下一寸一寸的安危。

纵使如此，队伍里依然笑语不断。伴随着越来越响的山雨，还有二龙戏珠的瀑布、哗啦啦的山泉。

某一瞬间，人声与踪影突然遁去，风与雨像帘子一样掀开了，眼前默立的只是峭壁石崖，还有傍水而生的、郁郁葱葱的山林与野草。山忽然绿了，露出熟稔的南方特有的清秀典雅。

草间藏着鹅黄、粉紫、玫红的小花，一星一星，一簇一簇。太行犹如一个裹着黄泥巴的皮蛋，除却粗陋的外壳，内里却晶莹如玉、芳香如兰。

世界如神手巧绣，头顶大开大合的山与瀑，脚畔精雕细琢的叶与花，连呼吸都顿失，只有浸透灵魂的美，涤荡心扉的清，万籁俱静的空，天地人和的喜。

俯身抚摸花花草草，我听到它们谦卑而倔强的心跳，仿佛是神在耳语，一串串生生不息的欣喜，一朵朵息息相通的感恩。

我忘了伞，忘了雨，忘了冷。

忽然间，我与这山谷里过了春季依然娇艳的花儿草儿血脉相连。所有的都忘了。仿佛千里迢迢，只为这寂静而馥郁的山谷而来。

这是一场多么罕见的久别重逢。

非要从幼时种下"太行王屋"的种子，信了愚公移山的传奇，从此有了若有若无的向往，从来不需要想起，面见才恍然大悟。

我一个人落在最后，大部队遥遥领先。

我却无惧，独享天地之菁华，像赤脚的婴孩，牵在圣手之上。

红的、紫的、黄的、粉的、白的，香喷喷、甜蜜蜜、喜滋滋。我沉醉在莫大的馈赠里，忍不住一路采撷，又像在收拾我从前散落的心。

山路规整起来，说明我已走出太行。而太行在我手心，我又何曾走出。

最后两枝灰白泛紫的芦苇花立在山门口，像一段漂亮文字之后等着我的感叹号。

下山的车在面前，熟悉的人群出现了，仿佛还魂俗世。我听到神界与人界闭合的那扇门，那轻轻的咔嗒一声。

车加速的时候，我不只是在与太行告别，也在与这个奇妙的午后、一尘不染的遇合告别。

风和雨比车速更猛烈，耳边是牙齿冷得咔咔作响的声音。大家无奈何地挤在一起，胳膊挤胳膊，腿脚挤腿脚，不给冷留一丝缝隙。可是冷这个恶魔还是在每个缩着的身体里叫嚣。

许是本能，我们为了对抗这种叫嚣而纵声歌唱。

太行山路多长，我们的歌声就有多长。五十年代、六十年代、七十年代——我们一个年代一个年代地唱。每个大脑里储藏的歌差不多都挖掘光了。

我一直钦佩司机的定力，他一定没见过这样一群怪叫着的疯子。为了抗拒冷，我们不停地唱，使劲地唱，夺命地唱。好像冷就立在歌声之外，我们一旦停下，它就将我们一口吞了。

我相信我们谁也没那么唱过。

那种绝不妥协的气势与红旗渠精神无二。唱得少说得多的张之路老师沿途兼做评委，评语重复使用只有两条："好，这歌儿暖和。""不好，这歌儿冷。"

另外他还说了一句，给我的印象极深："奇怪，这拨人都属于妈妈辈儿的，怎么好像没变声，都是童音？！"

当我们看见山下那辆大巴，忍不住一齐发出了全程最高音，庆祝胜利。

比我们先到的萧袤看我们如此狼狈，乐呵呵地上来说："怎么，你们的车没玻璃哦？我们的有啊，我们一点也不冷！"

本以为最有战斗精神的是太行合唱团的歌者，可是等回来，一路的风物与故事变成邮箱里的一帧帧照片，便想起雨中撑伞始终兢兢业业端着单反的大胡子叔叔董宏猷。晚上，当我们狂饮出版社与酒家特酿的生姜红糖茶的时候，他还负责给我们讲趣闻逸事逗乐。

歌声永远留在太行，我庆幸带回来这束"飞龙峡"。

如今它已变成干花，但闻起来依然是那天的香。那纯净清冽的香气，永远混合着那天的雨、那天的歌，还有那天神在山谷里对我们的微笑。

# 月　牙　泉

走进黄色的鸣沙山，那温柔的酒窝样的涟漪让心像水波样晃晃荡荡，忽然飘出去，风筝一样，柳絮一样；像肥皂泡泡，像骑上鹤。

远远望见那弯蓝莹莹的月牙儿——只深深一瞥，便扭过头去。像遇见心仪的人，突然情怯起来，其乐陶陶。世界只剩下纯粹的黄与蓝，连拂过脸庞的风也是洁净的，自由的，恣肆的。

我是一步一步走上去的吗？

跋涉沙坑登山比拾级而上难，自然也更有情趣。像嬉戏，无邪无求的童年嬉戏，那样笑着躺着滚着跪着，手脚并用。无垠的洁净简直叫人痴狂。

我从未亲近过这样的世界，又像我一直生长其上，一步一步只是归来，回到童年，恢复透明。笑啊唱啊，省去一切忧虑与戒备。

不知不觉黄与蓝消逝了，夕阳像吝啬的葛朗台收敛了全部金光，头顶变得深蓝，渐渐近黑，不，就是黑。黑丝绒般的天穹闪烁着无数的星星，如此近，如此硕大明亮，仿佛唾手可得，仿佛能听到它们的心跳和耳语。

抱膝坐于山巅，索性躺下去一颗一颗数星星。起初我们就是这样仰望星空的啊！

身下是晒暖的沙子，细面样的沙子安抚着疲惫的肉身，点点侵入心灵，只剩下舒适与惬意。

多年以前与以后都不重要，这一刻就是永恒，就是超凡，就是极致。美得怕人的巅峰啊！

人若沙粒，可人又分明若苍穹，若星辰。心儿无所不可，无所不能。生活的重轭像隔世泛黄的旧章，灵魂在舞动，自由快乐就像这澄净的星空无边无际。

从山顶滑下来，双脚着地，像脱离一个仙境或梦。

重新落生，我知道我要去看你了。

这一路所有的欢乐都源自你。我知道你一直在那里。我故意兜了这么远的圈子，只为把亲近你的幸福尽可能延长。

我当然拒绝像其他游客那样直奔主题，绝不。哪怕我们仅仅一步之遥。

我要等热闹过后，繁华落尽——与你无关的一切虚荣都远去，你只是你本来的样子，我知道那是你最美的样子，何况在这星星密布的夜。

山脚没有灯，树影像鬼。我摸黑奔你而去。相反，我喜欢这纯净的黑暗。只是黑暗越发重了，人如盲了，脚下跟跟跄跄，只剩下心是亮的，炫目的亮，而且勇敢。

我撞到了树，绊到石，差点扑倒。慌乱中，我知道自己被"害怕"这个怪兽吞没了。它狰狞，恐惧尖锐地呼啸起来，我像掉进了黑色的罗网，头顶的星星顿失光华。

是你的使者吗？在我走投无路的时候，五步之外出现了一个人影，又像是块石头。

"有人吗？"

我的句子还带着山巅的诗意，颤抖中露出弱者无助的乞怜。我的潜台词不言自明：我害怕，我需要保护。

"我——在。""石头"动起来，声音年轻却庄重。

他在我能依稀辨出高矮的地方领着我。我能感觉到他的青春气息，还有他的沉稳——他与我始终保持三步远。为了打破沉寂，也像是为了驱逐黑暗，我们有一搭没一搭地说话："我要去月牙泉，不过，我好像迷路了……"

"我刚刚从泉边过来。没事，我带你。"

两个很单纯的声音，在漆黑中，在天与地之间，像两只冒险的萤火虫，一前一后，始终保持三步远。

心中只剩下奔向你的激情与光明。

"不远，就在前面，绕过这排树就是。"向导好心地告诉我，"这段路有些小石头，前面就好了，都是细沙。"

顿了顿，他又说："白天游客太多，我一直等到人走光了才离开，可是离开几步又舍不得了。"

…………

"刚刚你一个人在那里，我还以为是块大石头呢！"我故作轻松。其实我一直在担心，他为什么要独坐幽暗中，如此年轻美善的心缘何也有黑石般的忧郁？

又想，谁年轻的时候不是在黑漆中奔突冲闯。

"那里是有块大石头，上面写着'月牙泉'三个字。我想靠在石头上歇息。"他的声音沉沉的，像水下的石头。说完，他轻轻叹息。

我一再觉得他有难言的惆怅与苦闷。不过，他的步子跨得大大的，他的头也一直高昂着向前，好像他很享受把人带往月牙泉。又像是回到泉边，也是他的心愿。

远处有灯照着湖面，我又见着那弯幽蓝的月牙儿。

向导顿住脚，好像要把月牙泉让给我一个人。我迟疑着，不敢确信似的一步一步上前。

当年我还年轻，亦很彷徨。歌手田震在蓝色的舞池中沉静而专心地唱《月牙泉》，她唱出了月牙泉难以言说的美丽与神秘，像炫目的未来。

是那时候就迷上你的吗？月牙泉，我喜欢你的名字，无论分开还是连读，无论发音还是字形、词义，我都深深喜欢与痴迷。你一直是纯净、神奇与高贵的代名词。

我是一个来会晤灵魂的密友吗？

月下的你如此清雅、安详，我竟不敢靠近了。可你分明在迎着我，比梦比画比歌更真实、更具体、更揪魂摄魄。

谁也拦不住我亲近你的心，就像谁也拦不住我对梦想的坚持与追求。

我俯就在你面上，如同俯就在神前。低头的刹那，我看见自己的罪恶、软弱与卑怯。

我多想像你一样透明洁净，你是哪来的力量？在这无垠的荒漠，在这无边的旷野。静静地，只对星空日月。

我在你身边坐下，沉醉，多想跳进去与你合二为一。我知道唯有你能抚慰我。

颠簸这一路，走过戈壁黑河，走过荒凉繁华，只为找到你，可以盛载心的泉啊！我在你面前沸腾了，融化了。

可你只是幽蓝，只是月牙般的美好与娴静，只是无言，连流响与波纹都没有。世界平静如你，你这自古就被命名为"药泉"的水啊！

抬头是柠檬黄的月牙儿，还有那现在离我很远、在黑暗中拼命闪烁的星星——我一直觉得它们是为挣脱黑暗才拼命闪烁的。

向导依然离我三步远。我只能看清他挺拔的轮廓，和一团漆黑的面部。他双手插在裤兜里，对我，对泉，亦是对自己轻轻念起来："昨日偷桃钻狗洞，他日折桂步蟾宫。"语气里藏着骄傲与不屈。

"这句真好！"

"少年郭沫若的。原句是'昨日偷桃钻狗洞不知是谁，他年攀桂步蟾宫必定有我'。"

　　一起感慨、冥想，渐渐旷达、沉静——黑暗仿佛弱化了，我们重新打量这神奇的沙漠、清泉、夏夜和原本纯净的一切。

　　直到朋友找来，我才一步一回首离去，重新回到灯火阑珊的马路，回到白色大巴车上，回到闹哄哄的都市。

　　最终我也没看清少年的脸，更不知道他的姓名。但这不妨碍他走进我的心，一如月牙泉。

　　我始终觉得是他，是那晚的星星、月亮、沙漠、清泉一起创造了那个空灵的世界，一个清洁与升华灵魂的圣殿。

# 写信的孩子

　　一个衣衫褴褛的乡村男孩，趴在油灯下一字一句地给他的爸爸写信。

　　那是男孩第一次写信。

　　"爸爸，我已经九岁了，可我还不知道你长什么样，你能回来给我看一下吗，爸爸?"

　　男孩出生六个月，爸爸就去了新疆，一去不复返。不知是没有盘缠，还是其他。妈妈说不清楚，奶奶提起这事只有抹泪。

　　男孩决定自己想办法，他写到这里很想加上一句："爸爸，奶奶很想你。"

　　他抬头问奶奶："奶奶的'奶'字怎么写啊?"

　　奶奶不识字，她流着眼泪摇头。不识字的奶奶怎么会写"奶"字呢。

　　男孩的信至关重要，爸爸接到信不远万里回家了。不仅如此，男孩后来还有了三个妹妹。

　　男孩就是我的哥哥。我在哥哥的故事里长大，其中哥哥写信是最神奇的一笔。

　　一定是这一笔让我迷上了写信。九岁那年，我开始给读大学的哥哥写信。

至今记得趴在油灯下一笔一画的那种专注，写错了一个字就撕掉重来。写着写着，还学会了抒情。我会趁大人们午睡、下地，家里没有人了再写，就像找一个人说悄悄话。

没有人要求我，写信仅仅是我有感而发——我被心底的思念、难过、怯懦、迷惘——胀满了，不写不快，非得找一个人倾诉，表达。

哥哥是个认真的倾听者，每封信他都及时回复，圈点出彩的句子啦，勾画错别字啦。他常在回信中画"眼睛"，美丽的丹凤眼后面总排着一列我写的错别字。

现在想想，那是多好的写作训练啊！

高一的时候，我想转学，无奈多方努力都行不通。我试着给新学校的校长写信，洋洋洒洒十来页。校长激动，让全校语文组的老师传阅。以至于我一转学过去，大家就都"认识"了我。

不知不觉，我成了一个很会写信的人。

每到年根，村里的困难户都会找我给政府写信。他们有的沉疴在床，有的满门残疾，每每深陷不幸与不测。

那些信伴随着他们的哭泣、叹息。感谢上天，我的信总是"有求必应"。人们得了救济，一边感谢政府，一边感谢我的信。

也许是因为那些信，我变成了一个深信文字的人。

青春期的时候，缄默的我迷上了在练习本上没完没了地说话。我那样写仅仅是因为舒服、美妙，写了好多年，也没想过发表和当作家。

婚后先生无意中读到一段，觉得是篇儿童小说，他帮着誊写下来，寄给上海的《少年文艺》。从此，写作才成了我的主业。

不管什么事情，无论多么热爱，一旦成了梦想，就注定会遇到迷惘。

写着写着我迷路了，常常问自己：怎么才能写得更好？

那回，我请教前辈金波老师，他不紧不慢地告诉我："想象你有一个倾听者，你在向他倾诉，就像给他写信。"

一语惊醒梦中人。

我想起当年我写的那些信，想起独自在练习本上的絮语，那些难以抑制的一个人的说话。

从此，我努力回到从前，回到最初那个写信的孩子，像他那样默默地、激情地、专注地写啊，写啊。写给最亲的人，写给未知而神秘的朋友。

# 书、我以及奶奶

对书的好感是天生的。

小时候在农村，书是稀罕物，但读书不是女孩子的事，自古就只有书生，没有书女。农忙季节，你抓着书不放还有偷懒之嫌。奶奶就不止一次发誓要把我的书扔进火塘。

那些书大都是转手问人借的，后面还排了老长的队伍在等，不仅不能扔火塘，还得赶紧读完。

我把书卷在裤子口袋里，下地的路上，或者等挑满一篮子猪草、割下一垄麦子，人们坐在田埂上抽烟喘息的时候，把书掏出来。

六岁开始，我给奶奶暖脚。每天晚上，奶奶把她缠过的小脚靠在我怀里。等我迷上了读书，奶奶老拿小脚蹬我，怪我"浪费灯油"。

她会吹了灯给我说故事。奶奶虽不识字，但她的故事不亚于书上的。奶奶说完故事总不忘劝我：女孩子，读那么多书干吗？

我最爱帮奶奶烧火，特别是冬天，读着书，一边连鞋把脚伸进火塘，很享受。

那回，我读书入了迷，忽然闻到烧布头的焦煳味。奶奶大喊不好，我赶忙抽出脚，来不及了，鞋底被烧了个洞，袜子也烧穿了，脚趾头都烫红了。

奶奶一把夺过我的书要往火塘里扔，我呼啦扑过去，奶奶却笑了。

　　为了拒绝奶奶的打扰，我练就了一套哑巴功，只要沉浸在书里，不管奶奶喊我多少遍，我都置若罔闻。这点特别让奶奶恼火，向爸爸告状，这一定算头一条。爸爸听了，总是眉开眼笑。

　　爸爸一笑，我胆子就大了，逮到好书，就躲到河坝的芦苇丛里去读。逢到精彩处，我在芦苇丛里大声背诵。我专心地背着书，双手把脚埋在沙子里，以至于奶奶站在我面前很长时间我才发现。

　　奶奶第一次没恼我，她的神情我至今想起来也很复杂，她说："你在这里读书，小心被坏人吓着。"

　　考上初中后，我就住校了，再也听不到奶奶的唠叨，却无比想念奶奶。那回我听她跟人说："这姑娘是读书的料，读起书来太任性了。"

　　也许是因为奶奶的话，我把所有的精力都花在读书上。可惜第一年高考我落了榜。我像濒死的人躺在床上不吃不喝。

　　奶奶破天荒地来劝我："读书和割麦子差不多，你不要急。急的人老直起腰来望，越望越割不到头，不如埋头割到底，眼怕手不怕。"

　　第二年我如愿进了满意的大学。

　　那会儿奶奶得了阿尔茨海默病了。我回家，她一分钟也不肯离开我，非说我是她生的，就连睡觉也要和我挤在一条枕头上。

　　她哀求似的跟我商量："别出去读书了，在家也蛮好，三间大瓦房，活计也不多……"

　　几个月后奶奶就去世了。

　　常常，我拿起书会想起奶奶，想起她骂我："总有一天要把你的书扔进火塘。"

　　前年给奶奶修墓，我把我的第一本书《山诱》藏了进去，不知有没有恼着她老人家。

# 学　数　学

我和衣躺在床上，望着房梁数数，声音很大，像唱。

我试图保持那种旋律，以期在数到九、十九、二十九能顺利地滑进十、二十、三十。只要滑过去了我就是成功的，从一到九我完全没问题。

家里人都在旁边听，要是我在那节骨眼上停顿，他们马上就会惊慌失措地喊："天哪，她一年级都快念完了还数不到一百。"

我永远也不会忘记屋顶及四周的漆黑，还有大家的惊惶，略带着愤怒与讥讽。

我为数不到一百哭过很多次。暗暗地，自己跟自己苦恼，我想不通每个数字的命名、来历，更不能理解它们之间的关系。这不像我身边的一棵草一点一点从土里钻出来，一朵花静悄悄地在枝头开放，羊妈妈生下小羊羔——我竭尽全力却不能理解数字，因为不能彻底理解，我就莫名地觉得隔膜、畏惧。

就这样，我稀里糊涂地混到三年级，数学老师换成一个会讲故事的人，他带我们做应用题就像讲故事。我忽然对数学来了兴趣，好歹能把它考及格了。

说到底，是那些文字比较多的应用题拯救了我，让我顺利地读完初中。

　　高中的时候，我在数学课上又像失足溺水了，听着听着就一片茫然。我试着掐手指，努力让全部注意力去跟踪老师。老师的普通话很标准，可他说着说着就蹦出数字，它们就像微型烟幕弹，我的神经渐渐就迷糊了。

　　无论我的其他功课怎么领先，一旦加上数学成绩我就被远远地甩到后面。第一年高考，因为数学而与满意的大学失之交臂。

　　父亲给我第二次机会。开学那天，我循着一个地址去找王老师。

　　我到得太早，王老师正在吃早饭。餐桌上插着一捧带露珠的紫菊，白瓷的方盆里，装着金黄的排列得像竖琴的小酥饼。他的妻子非要请我坐下一块儿吃。就这样，我生来第一次和老师面对面坐着，喝了一碗热腾腾的香米粥，吃了一块松脆的酥饼。

　　那是一个温暖而美好的清晨。

　　意外的是，王老师教我们数学。我怎么也不好意思辜负这样的老师。每天他端着教案进来，我便恍如闻到菊香、粥香与饼香，还有一种洁净、优雅的生活散发出的奇特的香。一度让我紧张的数学课，变得亲切而有了温度。

　　那一年，我投入了全部精力，而且总在分析和思索如何更深地投入。每个清晨、午后、黄昏，同学们在教室叽叽喳喳，我会夹上一本书去野外。

　　也许是神灵眷顾，某天我夹着数学书出门了。我像背语文一样，疙疙瘩瘩背起了数学，从概念到题目。奇怪的是，当我经历了诵读之后，数学这门始终蒙着严肃而陌生面纱的学科，暗自生动起来。

　　没人教，我将错题、难题和经典例题抄下来，每晚背诵。起初越背越多，随着掌握的题型多了，也就越背越少。

　　至今我依然记得那场决定我命运的数学考试，当我打开试卷，一眼看见我背过的题目，我仿佛看见疼爱我的奶奶。我第一次冷静、顺利、漂亮地考完了数学。

　　我对数学天生没有好感，但数学是我当年怎么也绕不过去的坎。在最关键的时刻，我没有绕，或者说我绕了十一年之后选择老老实实面对。

　　我用诵读的特长，用不遗余力的勤奋，也可能是我的勤奋感动了上天，我才会在高考试卷上有那么美丽而神奇的邂逅。

# 全身心去创作

　　小时候，我最怕下雨天，因为布鞋不防水，下水很容易烂。想到妈妈熬夜在灯下一针一线做布鞋很辛苦，我像所有小伙伴那样，不管春夏秋冬，下雨天就脱下鞋袜打赤脚。

　　我生来怕脏，怕踩到鸡屎、鸭屎混合的泥水，怕泥水中戳人的石子、玻璃。我卷着脚趾，高抬起脚，拎着裤管，皱紧眉头，内心哭天喊地，恨不得把一双脚扛在肩上。我是多么渴望拥有一双雨鞋啊，哪怕是黑的、旧的、不合脚的！

　　夏天穿凉鞋，很容易进沙子或烂泥，我会一遍遍地下河洗，或者在井边一桶桶地打水上来冲刷，直到鞋里鞋外干干净净。

　　创作《中国少年》的时候，我在史料里读到 1935 年初秋，细雨蒙蒙的清晨，14 位少年举旗从淮安新安小学出征，他们穿着草鞋去游学救国。

　　这是一次无法谋面的采访，新安旅行团最初的 14 位团员包括顾问汪达之先生早已不在，我只能借助文字和图片资料慢慢地向他们靠近。

　　我感到从未有过的艰难，他们当中最小的也比我的父母大很多。无论是少年英雄的他们，还是兵荒马乱的那个时代，对出生在二十世纪七十年代的我来说都太遥远了。

　　当我无从入手的时候，拨动我心弦的就是新旅的草鞋。它们唤起了我童年的生活感受，我的脚趾抢先和他们"疼"到了一起。

我能写下"莲花街上石刻的莲花湿漉漉、水灵灵，每一朵都像在祝福新安旅行团一路平安……"这样的句子，完全是我敏感的脚趾给我的启发。

创作就是不断地调动自身的生命体验和生活积累，去还原或抵达当事人的种种生命感受，以我血"浇灌"，以我心"复活"，那些字里行间的人才会自由奔跑，欢欣雀跃。当他们能够自说自话时，创作才算是真正发生了。

新安旅行团在南京处处碰壁，衣不蔽体，食不果腹，饥肠辘辘地冒着大风雪去推销救国书刊。我想写出他们的饿，为此，那几天我吃得很少，每天工作十多个小时，坚持跑步一个小时。有一天，我实在饿得不行，走在大院里看见草坪、楼房都想一口吃下去，于是写出了："曹维东，你相不相信，我能把整个世界吃进肚子！……我想吃这楼房、草坪、马路、汽车。我的肚子是个无底洞……"

我的写作从来不只是在写句子，我会调动全身的感受，挖掘灵魂深处的经验，全身心去创作。

# 诵读叫醒太阳

　　虽然早已不是青年学子，可每日清晨，仍爱诵读书卷，在树下，在小径上，在池边，在操场上……当我耽于汉字的节奏与韵律，耽于句读的文采与情境，物我两忘，唇齿相扣，声如青云出岫，一股清朗之气便油然而生，顿觉世间最大的享受莫过于此。

　　我对语文的热爱就是在诵读中酝酿产生的。

　　当年爱上诵读只为父亲。那时候我们生活在贫瘠的乡间，为了让我们生活得更好，父亲常年背井离乡做生意。他的缺位让我们格外贪恋父爱。父亲只喜欢读书的孩子。记忆中他与我第一次亲近就是举着我的奖状，父亲用严肃的眼神望着我，充满赞许、疼爱与骄傲，那足以让我求索一生的幸福啊！

　　记忆中父亲总在训诫我们，他最爱跟我们说"一日之计在于晨"。

　　父亲总是选择在清晨出发，父亲的清晨庄严、忙碌、勤勉。如果用色彩来形容，一定是浓墨重彩；如果用声音来形容，那一定是黄钟大吕。

　　父亲身体力行的结果，就是我们三姐妹天蒙蒙亮就卷书诵读。小河边，芦苇地，田埂上。从黎明读到太阳出来，从暗哑读到声音嘹亮，从迷糊读到神清气爽。清晨诵读是我们对父亲的礼赞，诵读让父亲安心地为我们一次又一次出征。

记得那回年根，天下大雪不能出门。西院门口有长长的廊檐，我便站在檐下诵读。父亲一早起来扫雪，他扫了门前扫屋后，最后迟迟疑疑来到院子里。

父亲悄无声息地扫着，一下一下，提着气儿，生怕动静大了干扰我读书。我只得用足力气，提高嗓门，以示我的投入和沉迷。尽管如此，父亲只扫到我身后五步远就停住了。直到我收起书，回屋吃饭，他才接着去扫那堆雪。

打那以后，每次晨读我都会想起那场罕见的大雪，想起高大利落的父亲小心翼翼地提着气儿扫雪的样子。我记得那个早晨，世界异样的寂静，除了我琅琅的读书声外，父亲脸上带着珍贵的笑意。

初中以后功课重了。诵读不仅在清晨进行，每日黄昏，或者星期天的下午，只要得空，我就会夹起书出去，到野地里，找一块无人的草坡。

为了躲开人群，那阵子我尽往荒僻之地钻——偏远的土墩、田野深处的沟壑、密密匝匝的芦苇丛……成年后想起，不禁一身冷汗。那是多么危险的地方啊！

何况当时，我在那样的地方读书之专注之投入，真正忘记了一切。一个下午背完一本历史书，手指在脚边掘出一个深坑都不知道。

初中住校，周末回家拿粮草。父亲会骑车送我。

那个周末，趁父亲午休，我拿起语文书悄悄去了河坝，钻进密不透风的芦苇丛，书越读越薄，我决心一口气背下来。

父亲四处找我，他去了所有僻静的地方。我沉浸在诵读中，偏偏听不见他的呼唤。

等他拨开重重芦苇冲到我面前，我由于太专注，竟然吓得失声尖叫。

父亲也一脸惊讶，静默了一会儿，他才瞪大眼睛低声说："往后不能钻到这样的地方读书。"

从此，父亲每次送我上学，总要叮嘱这句话。

他不知道，找个僻静的地方高声诵读已成了我的学习秘籍。不仅语文，英语、政治、历史、地理甚至数学，我都用这样的方式诵读着。

上天一定呵护专心读书的孩子，那时候我钻遍了中学周围的旷野，不仅没有遇到危险，其间还有收获呢！

那是一个春夏之交的傍晚，正值高考前夕，所有人都沉浸在空前的紧张中。我在麦浪沙沙响的原野深处寻到了一条洼陷的水沟，埋下身子，朗声诵读。等我把带去的复习卷全部装进脑子，背得滚瓜烂熟，这才起身离去。

黄昏走到了温柔的尽头，麦地均匀地呼吸着，麦浪不再沙沙起伏，好像大地和一切都做好了准备，迎接夜的来临。大自然吞吐着神秘而安详的气息。

我带着劳动者沉甸甸的疲惫与满足走在浅黄的麦地中间。不知为何，我蓦然回首。我仿佛听到宇宙深处的一声呼唤，或者我什么也没听见，只是身后的美触发了我的敏感。

无垠的、淡黄色的麦田上方，呈现着纯净的、橘红色的天空，颜色单一均匀，像最耐心的笔不紧不慢画出来的。要紧的是，这层单纯的橘红色之中，正含着一枚浑圆、宁静、深红如浆果的夕阳。

那瞬间，世界只剩下眼前这幅奇异的画，任何的词语包括巧夺天工都显得蹩脚，我相信一切艺术家都创作不出这样的美。

眨眼间，这幅画就卷走了，世间恢复了常态，可我已经步履轻盈。之于我，那枚浑圆的夕阳似乎是一个美丽而又笃定的句号，它给了我答案，安慰了茫然、刻苦又不安的十八岁。那一刻，我似乎告别了所有的忐忑和绝望，完全有理由相信，前路美好而光明。

诵读让我顺利地走进了大学，而且是父亲理想中的中文系，我终于可以一辈子朗读和研习心爱的语文了。

　　未承想父亲因为身体透支过度，竟匆匆离世。换他一生，赢来的这份幸福，怎能不小心珍惜？为此，我愿意永远是那个清晨出发，用诵读叫醒太阳的人。

　　可惜现在的清晨，很少看到陶醉于诵读的孩子了。孩子们似乎只爱"看"书，日渐不肯"读"书了。殊不知，诵读才是学习最便当的途径啊！

# 一 条 路

那条路是一个村庄的触角，它歪歪扭扭地伸出去，通向外面。十二岁的时候，我背着书包拎着饭盒，第一次踏上了它。

小路穿过好几个村庄的田野，沟壑是村庄的疆域，横七竖八地切割着小路，它便起起伏伏有了凹沟和斜坡。低矮的地方终年积水，雨季走时还要脱鞋。

路上都是出门人，互相陌生，自然有许多戒备。可不像走在村里，来来回回都是熟脸儿，招呼和热闹不断。多数时候，踏上这条路就是踏上寂寞和危机——要不妈妈怎么会那么不放心呢。

"不认识的人说什么也别理！"

"狗咬你千万不要跑！"

"谁给你东西也不能要！"

…………

路对面的乡村有一所著名的中学，哥哥和许多大学生都从那里考出去了。这是一条理想之路，通往知识的海洋、城市的灯火和无边无际的幸福。

它们深深地诱惑着我。

"没事！"我的口气很大。

从此我成了那条路上的一个小黑点，起早带晚，呼哧呼哧。我记得那种急迫的喘息，还有腿脚的吃力——与那条无头无尾的路相比，当年我的腿是那么短，短得叫人绝望。

五六里远的路，为了不迟到，我必须天不亮就出发。

村子还在睡梦中呢，狗吠也睡意蒙眬。等我走进茫茫雾霭，小路越来越寂静，村庄缩成一盏昏黄的油灯，那依稀的狗吠是多么温暖和亲切。我常常希望它久一些，响一些。

水沟都在旷野深处——想想它是一个村庄的边疆，那里渺无人烟不说，往往还"鬼火"闪烁。沟上林立着坟冢，雾霭中格外狰狞。

我小小的身子一旦落入沟底，每每觉得到了地狱。其间阴风森森，任何一丝动静都让我害怕极了。

越怕越容易出事，不是失足落了水，就是被藤蔓给绊倒。多少次，我哀哭着爬出沟，狂奔着跑完那条路。

路尽头住着一户渔民，他们边打鱼边修自行车。三个儿子一溜排靠在泥屋前看稀奇，他们不上学，做家事也三心二意。我看见他们做过一些很过分的事。

还好他们对我还比较仁慈，只是把一条半死不活的小黑狗往我身上扔，吓得我哇哇哭叫过几回。最后一次，我哭着抱住了他们的母亲，一个满身鱼腥味的小女人。她一边替我擦泪，一边恶狠狠地咒骂他们。

她是动真格地骂，我至今记得她又热又糙的手掌。此后我见到她就热乎乎地喊婶，那三位就只敢用目光算计和捉弄我了。

夏天的时候，姑娘们说那条路上有坏魍魉，专门蹲在沟底，背对人一字排开，看见女的就下手，好在我没遇上。我只遇见过一次花痴，他穿着大红内衣坐在路边，贼眉鼠眼。五米外我就将目光收敛进眼底，虎着脸，闷着头，大义凛然地越过，浑身像绷紧的钢条。花痴愣愣地看着我，好像被我唬住了。

这招是我专门对付狗的，任它叫得再凶就当它不存在，绝无惧色。

这是奶奶教我的，百发百中。

我只是害怕那些坟。

秋天的田野光秃秃的，坟堆原形毕露。它们或高大，或矮小，或威严，或破败——最可怕的是那些坟身上的洞，我感觉那白森森的亡人脸就在洞眼里糜烂着，可怕极了。

哭不管用，我也不能老是哭，哭多了就想其他办法。

妈妈说她也怕坟。不仅妈妈，爸爸和奶奶都怕，连爷爷也怕。好在爷爷有办法，他怕就大声唱。多亏爷爷留下了这个好办法，爸爸、妈妈和奶奶半夜路过坟场，一律敞开嗓子唱。

我也学着唱，上了那条路就唱，遇见人就压低声音，等走过去再抖开嗓子。到了坟地和沟底，我不是唱，是喊，用尽全身力气。我要用声音叼住所有注意力——绝不开一丝小差。

我让自己完全走在歌里，一次次唱过去。三年唱下来，我已经是一个十五岁的姑娘，能把自行车骑得像飞。

有一回，我快速行驶在小巷里。迎面来了一个挑大粪的，情急之下，我玩杂技似的一缩脖子连人带车从他腋下穿了过去。吓得那位大叔连声惊呼，原地转了好几圈，活像被鬼捉弄了。

渔家婶子经常帮我修自行车，像上链条啦，紧刹车啦。流鼻涕的三弟兄已经长成了红脸膛的半大小伙，看见我会羞得躲起来，有时候还会互相推搡着在里屋咯咯怪笑。他们看我的目光已经脱离了最初的蛮荒，因为熟识，多少还有份知己在里面。若是再有狗围着我打转，他们会骂它，帮我撵走。

不知什么时候，我忘却了那些坟。路上我就习惯性地唱，从头唱到尾，唱得夕阳红得发紫，清风梳理着我的长发，那是青春的旗帜。我随心所欲地唱着。我唱是因为开心和永远使不完的热情。那种热情简直可以撬起地球。

　　偶尔，我会看看那些坟，像看麦浪和野花。不知不觉间，它们成了我的路伴。

　　也许从那时起，我就明白了，在路上总是会遇见类似坟的纸老虎——所谓困难和挑战吧，只要壮起胆子不害怕，走过去，回头还能当笑谈。

　　那条路一味地往外延伸着，直到把我送进哥哥的大学，世界五光十色，看得见摸得着。

　　那条路依然在村口，和我的小河、银杏树一起构成我魂牵梦萦的故乡。

　　这条歪歪扭扭的小路，它蜿蜒在我心上，经过年轮与思念的打磨，越来越光滑，越来越绵长。它一如我儿时扎辫子的红头绳，简直可以变作绕指柔了。

　　有时候又恍惚，自己依然亦步亦趋行走在它上面，永远没有尽头。

# 大雨突如其来

　　那是在山里，清晨，山林比白天热闹。晨练的人很多，清一色的老人，没有年轻人和孩子。

　　我是被他们吸引了才坚持天天上山的。我不认识他们，但他们已然成了我亲密的朋友。不管是在山下还是在山巅，只要擦肩而过，互相都会微笑致意。

　　人与人之间本该有的善意与关照，晨练的山林里都有。这和山外冷冰冰的人群完全两样。

　　那天有雾，但雾拦不住我上山的热切，我没想到比我更热切的人那么多。

　　山腰没到，雾就变成了雨哗啦啦淋下来。没有铺垫，没有前奏，不给你逃避和选择的机会，山雨兜头下来。人们捂住脑袋叽叽喳喳抱怨。可雨马上大得盖住了脑袋、封住了嘴巴，焦虑才真切起来。大家开始寻找大树和密林。

　　一个小脚老太太拿扇子盖住头，蹦蹦跳跳往林子深处跑，一边朝我指了指。

　　来不及犹豫，这时候哪怕是小鸟朝我指一指，我也会头也不回地跟从。我跟着她蹦蹦跳跳过去。

　　山林深处有间玻璃房，紧锁着。我们马上占领了那两步宽的房檐，壁虎一样贴着墙，眼馋地望着里面空阔的大厅。

　　大雨以成功者自居，它将山林全部控制了，没有赦免谁的意思。人们马上意识到了雨的狂野，等待和焦虑真正地攫住大家，没有声音了，连小动作都没有，我们和山林、石子小路、玻璃房子一样寂静而无奈。

　　我忽然好奇起来，望望雨，望望山林，再望望身边被突然的变故僵化了打蒙了的人。那是一张张风霜煎熬过的脸。头顶手帕的老爷爷锁住眉头，他善于用思考打发寂寞。小脚老太太皱着眉头，却微笑似的咧着嘴巴，但全然不是真正意义上的微笑，那是她应对灾难惯常的逆来顺受和镇定，认命的，妥协的，不能不敬佩她的韧性。那对老姐妹刚刚还叽叽喳喳，她们胖了，皱纹和衰老已然降临到她们身上，嘴角的皱纹和眉心的大疙瘩以及眼睛里那团阴暗说明她们经历过一些意外，但还没有学会游刃有余。剩下几位黑瘦得厉害又豁了牙的老人，好像一辈子没走过运似的。那面孔像被掠夺尽了的干皮囊，即使在这潮湿的雨里，他们骨骼深处的饥渴和干燥也冒着灰烟。他们的嘴巴像垂暮的耕牛，怨恨地张着，眼睛汪着点潮湿，仿佛最后一眼泉，不知他们在想什么。

　　人生像这突如其来的山雨似的灾难太多太多，它们不管不顾，兜头覆来，不容商量，不给缓冲，就把人逼至绝境。此刻我们多么幸运，因为我们还有屋檐。当险恶真正到来的时候，我们常常手无寸铁。

　　我又一次想起父亲，我们伏在医院走廊尽头的窗口，小鸟将天空衬托得那么美好和无尽，窗下是繁华的城市。父亲身上插了三根管子。他的脸是蜡黄的，眼睛被扩散的病毒侵蚀，浑浊的黄。无论是我还是他，都知道他的生命来到了尽头。我抚摸着他，心疼无以发声。父亲静默着，好半天，他笑笑说："这就是命。"

　　那是父亲的绝境，他不知道也是我的，我在他的绝境里日渐衰竭，直到发现山林。

　　寂静的山林早已知道我内心的衰弱和无力。它每天都在鼓励我，安抚我。我知道的，包括这场突如其来的雨。

雨没有停的意思，时间滴答滴答走过去了很长，我突然被激怒了，身子一窜就进入了与它的搏斗。

我沿着山路狂奔而下。清晨、大雨、狂奔的我。我却越跑越有力量，那是我尚且年轻的生命久违的一次释放。我义无反顾地往家的方向奔跑，仿佛在重新替父亲抗争一回。

山林外面是城市忙碌的早晨，上班上学的车流人流，人们裹在雨衣里，躲在大伞下，犹犹豫豫，左顾右盼，而我已经和这雨交流了很久。我们像知己，我在它之中狂热又冲动，我很久没那样活力四射。跑步和战斗已经消耗了我很多气力。我喘着，雨水和汗水让眼睛生疼。我擦着眼睛，但这回不是眼泪。

人们像看外星人一样看着我，从他们的雨披里、大伞下，还有蜗牛一样移动的公共汽车里。我把力气用在腿上和手上，我要跑回家，一口气也不停下来。大雨在跟我决斗，它也一口气不想停下。

我们互相对峙，绝不妥协。当我满身泥水和汗水"咚咚咚"叩门的一刹那，一串温热从我心底冲上来，我像融化了一样柔软。

# 看台上的父亲

那天，父亲得了两张文艺晚会的票，兴冲冲地邀我同往。父亲素知我热爱文艺，想是拿票的时候就早有打算。

我当然不能拂却父亲的美意，欣然答应。

父亲并不缺乏温情，但我们兄妹四人从小就畏惧他。那时候，我们生活在一个偏僻穷苦的乡村，父亲长年累月在城乡之间做贸易。父亲为数不多的在家的日子便似我们的"灾难日"。他会严格地过问我们的学习，谈心，督促，鼓舞。要是我们不像话，他自然会怒斥、训诫甚至咆哮。

父亲所有的努力就是巴望我们跳出农门，考上大学。父亲的态度很明确：你可以暂时差，可以暂时败，没关系，我等得起，但结果必须赢。因为世上无难事，只怕有心人。我们四个打小就提着气儿在父亲的"审视"下勤奋读书，生怕读不好让他失望，更不敢得罪这个一发火就雷霆万钧的父亲。

那样的父亲，我们只能仰望、敬畏、顺服。

想来难以置信，第一次牵父亲的手时我已经22岁。那时连妹妹也进城读大学了。父亲心想事成，完成了所有心愿，却因为身体透支过度病了。父亲来南京是为了看病。

那是个深秋的夜晚，秋风已凉，我站在路边，将父亲从拥挤的公交车上扶下来。父亲住姐姐家，下车后我们还要走一段。

我没有松开父亲的手，银色的月光淡淡地照着。父亲急急地大步流星，没有笑，也没有说话。我碎步相跟，忐忑中我们僵僵地牵着的手都汗涔涔的，很热。父亲脸上的肃穆让我清晰地感到他肩上独自扛着的负荷，那么沉，那么重。

好在父亲渐渐康复，在我们的劝阻下，他勉强答应赋闲在家养老。

老年的父亲在我们每个人心中越发至高无上。父亲是我们绝对的恩人，也是我们绝对的权威。父亲已经不需要发火，他只要一变脸就没有人不顺服。算起来，在这个家里，唯一正面冲撞过父亲的只有我，当然也只有那么一次。

那年我大学毕业，自以为意气风发，能摧枯拉朽，非要挣脱父亲的牵引，风风火火，独断专行。父亲苦口婆心，我冥顽不化。父亲痛心疾首，恨到极处，甩手摔了他的烟缸，从此对我冷眼沉默。

我紧锣密鼓一口气完成了恋爱、择夫、生子人生三大事情。父亲养育我25年，我一朝成婚竟然剥夺了他的选择权和发言权，想想真是民主自由到野蛮。

好在夫婿和父亲投缘，点点滴滴冰释了父亲的心头之忧。父亲又重新对我笑眉笑眼。

每隔一阵子，父亲就会来南京小住。成家的我们联手对父亲施展温情攻势。然而让父亲"软化"的不是我们，而是我们的孩子。每当我那一岁的女儿伸出粉嫩的小手在父亲脸上乱抓乱拨，父亲就乐得疯疯癫癫，真有些返老还童了。

不巧父亲相约这晚，孩子特别闹，缠着我无法脱身，去不去看演出竟有些动摇了。然而父亲那边电话来过几次，他告诉我他坐在一区某排某座等着，让我别着急。

等我姗姗来迟，舞台已经灯乐齐放，主持人款款入场。父亲热烘烘的声音老远就把我迎了过去。没等我坐下，父亲就起身要走。至此我才反应过来，原来我们的票不是连号的。父亲让我看完就地等他，说罢就摇着胖胖的身子在嘈杂的人堆里消失了。慌乱中我只听清了他的位置在35区，好像在楼上。

演出精彩纷呈，这时我才发现我的座位正对舞台又贴近舞台。我想，父亲这辈子也没坐过这么好的座位。

我迫不及待地站起来，我要去把父亲换回来。父亲已经64岁了，让他一个人寻寻觅觅摸索到楼上，我实在于心不忍。我一边在人群中挤，一边心下自责。

从三楼到一楼翻了个底朝天就是没有找到父亲。黑压压的观众席上一片安详，人们倾心地欣赏着音乐与劲舞。我猜父亲一定顺利地找到了他的座位，而且已经稳稳地坐在其中了，无可奈何中我的心底一片潮湿。

毕竟我喜欢舞台演出，很快我就陶醉到歌中舞中。

在那灯光璀璨的一刻，蓦地，我看见了"35"这个今夜让我特别揪魂的数字。它高远得超乎我的想象，躲在舞台背后的最上方，远得让我陡然间快乐全无。随之而来的酸楚在我周身弥漫。我似乎方才明了，父亲这一生都这样默默地隐掩在那个精彩纷呈的舞台后面，只为把舞台让给我们。

多少年啊，父亲一个人潜身沉默在黑暗中，奔走跋涉，直到提前告老病退，那疼爱我们的热情也丝毫不减。在剧场空前欢乐的海洋中，我的泪酸酸地流了一脸。

我知道父亲这晚上的欢欣一定超过我们在场的所有人，尽管他坐在这个剧场最差劲的一个座位上。

我不由得想起第一年高考落榜，我在县中补习。父亲来看我，豪气冲天地说："留得青山在，不怕没柴烧。有我在你怕什么，再读两年我也供得起。"

那份信任和希望哪像是在面对一个没出息的孩子？父亲让我再次相信自己应该能有所成就。

而今夜隔着舞台，我更明白父亲这辈子是为我们而活的。永生永世我们的父亲都会在高高的看台上殷殷地望着我们，快乐着我们的快乐，幸福着我们的幸福。

散场后，我急切地在人群中寻找父亲。父亲的声音却又一次在我茫然无措时响起："我在这儿呢！"

这一生我是不会忘记我 64 岁在高高的看台上的父亲了。

# 比山高比水长

　　穿上警服，转眼三十年了。起初还嫌它肥肥大大、粗糙僵硬，未承想穿着穿着，会渐渐将其视为珍宝，甚至它早已成为我的荣耀。

　　早年采访安徽打拐女英模，她风风火火、性格泼辣，说起被拐儿童，却时不时地眼含热泪。她常把那些被折磨得像野猫的"脏"孩子带回家洗澡吃饭。在她简朴的家里，我看见阳台上和卧室里各挂着一件大号男式警服。

　　那是他因公牺牲的爱人的制服，她年复一年旌旗一样将其挂着，一来看家护院，警告坏蛋们这家可是有男主人的，而且还是警察；二来她需要他无处不在的陪伴，她是扛着两个人的使命和梦想在战斗，难怪她总有使不完的力气。

　　那是我第一次体会到警服的神圣。

　　江苏南通查报站民警尤建华，是老山战役战斗英雄、一等功臣，名字与黄继光、董存瑞一起被写在军事博物馆里。为了铭记和平的珍贵，他从战场背回来两百多斤重的子弹箱放在新婚床头。从部队转业时那么多高薪职业摆在面前，他却坚定地从警，兢兢业业继续做和平卫士，没日没夜不要命地工作，年仅五十因公殉职。

　　我一直记得他谦和的微笑，在他简单到简陋的家里，只有一对碧绿的铁树算是风景。他对自己勤俭到苛刻的程度，一身警服风里来雨里去，对群众却慷慨阔绰。他还常年照顾牺牲战友的家人，年年组团带他们旅游。寒冬腊月，风雪压塌了红军遗孀老奶奶的家，他自费帮老人修缮维护。这个把生命毫无保留地奉献给和平事业的尤建华，傲骨铮铮把警服穿出了崇高的味道。

无锡爱民警察盛群是 110 民警，我坐着他的 110 警车随警作战，边巡逻边采访。谈笑风生中，忽然报警电话响了，警情来了。广场有武疯子拿刀砍人。

盛群紧急奔赴，靠边停车，他提枪下车之前，望着我严肃地命令："韩记者，等下无论出现什么情况您都不许下车。"

那种斩钉截铁的味道让我至今想起来还怦怦心跳。

我记得当时他有严重的皮肤病，抓挠不止，因为前不久他跳河救人，而那条河是被严重污染的化工河，上岸后留下了后遗症，无药可治。

年轻的盛群并非钢铁铸造，但使命当前，他那身警服就是威严的盾牌。作为被他保护过的群众，我深深地体会到了有人冲上前去挡刀挡枪挡子弹的幸福与心痛。

27 岁的盐城民警孙益海在收缴枪支的时候，子弹走火打烂了右腿，因为大出血危及生命，不得不锯掉右腿。他的腰腹部，至今仍残留着三十多块弹片无法取出。这些弹片频繁作梗，害得他每个月要做两次小手术疏导肠道，吃过的消炎药简直不计其数。孙益海因公负伤，本可以赋闲在家养伤，可他毅然回到工作岗位。一条腿加上假肢和拐杖，他以最慢步速，一步一个血汗印儿，走出了一条江苏最美警察和全国特级优秀人民警察的光荣之路。

在他的辖区，我认识了他帮扶的各种困难户。其中有位 11 岁男孩，在他破烂的床头，用白粉笔歪歪扭扭写着："爸爸，你早点改好回家！"

男孩的母亲跑了，父亲身患绝症，一度靠偷盗为生，以致被劳教。

孙益海像一团明亮的火苗，给这个身陷困境的孩子重新带来了家的温暖和生机。

望着这个黑瘦的孩子，我掏出一把钱，叫他去买点吃的用的。未承想他后退一大步，坚决摇头。后来我把这个自尊倔强的男孩写进了长篇小说《因为爸爸》，成为书中至关重要的小主人公"周明亮"。

身为警营记者，最痛苦的是采访牺牲战友的家人。

《因为爸爸》的小主角金果的原型，就是靖江公安局因公牺牲的民警张金文 10 岁的儿子果果。葬礼上他披麻戴孝，一双黝黑的大眼睛虽然带着泪花，却好奇又懵懂地望着一切。我忍不住上前抱了抱他，他在我怀里居然笑了，亲热地对我说："阿姨好！"

那是葬礼上唯一一张笑脸，唯一一声招呼，却叫我万箭穿心。

走出殡仪馆，果果像逛完公园回家似的，蹦蹦跳跳走在妈妈身边问："以后我爸爸什么时候回家啊？"

一年后，张金文获得江苏首届十大爱民警察荣誉称号，果果代替爸爸来省城领奖，我第二次拥抱他。他在我怀里笑得像哭一样，原本天真快乐的目光变成了伤心的黑色，经过一年的等待，他已然明白什么叫爸爸因公牺牲。

2017 年 9 月 1 日，《因为爸爸》出版，果果考取了江苏警官学院，穿上了崭新的警服。再见面，他已是比我高一头的帅小伙了。我笑着对他伸出了手，说："哇，现在我们成了战友，就互相敬礼吧！"

连云港刑警袁春亮 33 岁因公牺牲，留下了 8 岁的女儿媛媛。当年我在她家采访时，嫂子哭啊说啊，沉浸在伤心的回忆中难以自拔，午饭时间早过了，媛媛蹦蹦跳跳跑上来说："妈妈，我饿了。"妈妈抹着擦不干的眼泪说："乖，自己煮方便面。"

我看见那个小女孩踮起脚，小心翼翼打开炉火，笨拙地往锅里放水。她的脚上穿着一双漂亮的红皮鞋，而我知道，就此她开始了艰难困苦。

还有那抱在手上，非要再亲一口睡在棺木里的爸爸的 4 岁的蒙蒙；尚在妈妈肚子里，爸爸却牺牲在办案途中的晴晴，她出生没多久，查出先天性肝癌，妈妈决不放弃，背着她四处求医问药。

张金文牺牲前，刚刚给年迈的父母造好了三间漂亮的瓦房，未承想新屋刚上梁就迎来他的葬礼，两位老人如何不悲痛。我记得他满头白发的老妈妈，看见身着警服的我们如同看见亲人，她趴在我肩上孩子似的放声长哭，整个秋天漫山遍野都是她苍凉的哭声。

难忘 2008 年，江苏公安英烈纪念墙在南京雨花台奠基落成，八十多岁的雕塑家齐康先生把墙体设计成长城模样，红色的大理石犹如英烈的鲜血染成。

典礼上，来自全省的英烈家属抚摸着墙上亲人的名字哭声震天，英烈墙瞬间成为哭墙。

齐康先生抚拍着墙上的空白，他说设计这一块最痛苦，既希望它长一些，可以容得下所有英烈，又希望它短些，不要再有警察牺牲。

风吹乱了他花白的头发，他俯首长叹说：“希望这面墙成为青少年爱国主义教育基地。”

很多人问我：“你是警察，为什么写儿童文学？”早年我喜欢读柯南·道尔、阿加莎·克里斯蒂、江户川乱步的侦探小说，业余创作了两本都市情感侦探小说，在花城出版社出版后，荣获了侦探小说新人奖。但我并没有就此走下去，而是专注于儿童文学创作。

一切都是因为我是警营记者，我采访过监狱、看守所、戒毒所、收容所、少管所，心疼那些灰暗的、扭曲的生命，特别是青少年。

从警三十年，两组数据始终戳心：其一是青少年违法犯罪和自杀的比例不断上升；其二是平均每天都有一位人民警察牺牲，每一分钟都有一位人民警察受伤。和平年代，人民警察成为牺牲奉献最多的队伍。每位尽心尽责的人民警察背后，都有一个空劳牵挂、不堪重负的妻子和爸爸缺位的儿童。

在与罪犯的对话中，我发现每个问题大人都有一个问题童年。如果文学可以疗愈人生、拯救未来，那么首先应该从童年开始，创作优质的儿童文学，温暖童心、治愈童年才能治愈世界。

我一直天真地相信，假如每个生命都能在美好而安详的阅读中成长，那么人民警察的工作一定会轻松数倍，牺牲人数也会降低，最好到此为止。

就让英烈墙上的空白画上鲜花致敬英魂。警察之子再也不要在童年就跟着爸爸背负保家卫国之重之痛，警察家属除了满面荣光，再也不要有紧张、焦虑、担心、失望、悲伤、哭泣。

最初二十年，我一手写着警界英模，一手写着激励成长的儿童文学《飞翔，哪怕翅膀断了心》等，直到《因为爸爸》，我开始给孩子们讲述新时代最可爱的人。孩子们很受鼓舞，我去校园，他们老远就给我敬礼，还说长大也要当警察做英雄。

我采访的英烈子女无一例外都穿上了爸爸的警服，重启爸爸的警号，继续爸爸的事业，各自意气风发、踔厉奋进。嫂子们多数也服务在警队，就像那位打拐女英模一样，她们藏起眼泪与思念、扶老携幼、含辛茹苦、咬钢嚼铁，活成了另一种温柔、静默且威武的英雄墙。

无疑，英雄警察的背后，行走着一支老老少少没有编号、没有着装、没有名字的"警队"。他们从来没有缺过岗，从来没有停过班，自觉奉献到底，甘愿缄默无声。

隐于烟尘的他们，是另一重高山之外的高山，是真正的孤勇者，是无名的丰碑。他们密不可分地战斗在一起，形成了世界上最巍峨的人民之山。人民对国家、民族的深情真是比山高比水长。

今夏采访南京因公牺牲交警史伟年的爱人王婕，她娇小细瘦、爱说爱笑。年年清明她会拎一大桶清水，带着两块新毛巾，领着儿子上山擦洗英烈墙。她说英烈是这个世界上最伟大的人，看不得他们的名字有一点点脏。

我从不怀疑我所遇见的这群人，他们就是东方最璀璨的那束光，最绚丽的那抹红。这些年我追随他们的身影，试着把手中的笔当犁耙，去开采，去挖掘，去建造。

多年书写，如今我穿上警服，总觉得万般庄严。我知道我穿上的，是一支浩浩荡荡的英雄的队伍。

# 穿上警服

1995 年，我穿上警服。

读了四年中文系，满脑子独立自由，忽然分进严肃的机关，穿上肥大的警服，难过得大哭一场。

"爸爸做梦都想戴上你的大盖帽，穿上你的警服呢！"电话里父亲的声音像炸雷，那么爽朗，那么振奋，"等到过年，你必须把警服穿回老家给爸爸看看！"

早年警服是军绿色的。我站在父亲面前，因为羞怯而假模假式地给他敬礼，父亲笑得满面红光。

隆冬大雪，父亲午后出门铲雪，我跑去帮忙，索性玩起堆雪人，最后把警帽扣在雪人脑门上，拽着父亲一起合了张影。算起来，那是我唯一一次穿警服回老家，唯一一次穿警服跟父亲合影。

成家后，夫婿也是警察。父亲一次次下命令："两个人都必须穿警服回家！"

我们双双回去过好几次，一次也没让父亲如愿。那时候是不好意思，怕麻烦，另外也想着低调，或者对警服还没产生深情，更没想到时光无情，世事难料。警服后来换成灰色和藏蓝色的，父亲都看不到了。

刚工作那会儿，单位里跳槽的人很多。我前面先后走了四批师哥师姐，我的心思也跟着浮动。

父亲反对我跳槽，他坚信我的工作有意义，使劲鼓励我好好工作，好好创作。我写的每一样东西，哪怕巴掌大小，他都视为珍宝，仔细剪下来珍藏，而且一一点评。

父亲读过我早年所有创作，记得他读我的第一本长篇，斜躺在老藤椅上戴着老花镜，读完好像返老还童，一骨碌起身，喜滋滋地跟我说："奇怪，你写的跟真的一样。"

父亲还说："将来谁要喜欢你的文章，说明这个人不简单。"

父亲这么说自然是敝帚自珍，另外他是高明的教育家。身为父亲，他始终没有一刻放弃过对我的教育、引导与规训。

父亲最后的日子，我辗转在他床边，恨不得将他克隆。某天，父亲勃然大怒，敲打着床板骂道："你整天团在我身边干什么，你该回家去写你的东西！"

我哭着从医院跑回家。多年后才懂得，在父亲心中，我的写作，我的一切从来都比他的命重要。

因为父亲，我写得不敢停步。2003年"非典"，单位实行轮岗，我忽然拥有20天自由，每天一万字，一口气写出长篇小说《水印》。有几天，写到丧父情节，越写越怕，拼命打电话找父亲。

父亲在电话里潇洒快活，他唱歌似的宽慰我："放心，你爸爸在老家好得很呢！'非典'跟我们乡下人没关系，你们城里人倒是要当心！"

晚年的母亲转战南京，父亲独自在老家活成老顽童的样子，动不动就自嘲为乡下人，调侃我们是城里人。

父亲那样说带着十二分的骄傲与自足，他多次说："今生我最大的成功就是你们。"

我生于1972年的苏北乡村。幼年饱受饥寒。那时候冬天真正严寒，上学路上常常冻得呜呜哭。每天放学跑回家，要是能看到一锅绿色的菜粥，就会高兴得像过节一样拍手唱歌。

父亲为了改变我们的境遇，常年奔走城市。奶奶有背疾，只能做些简单家务。在土地承包责任制之前，我们家能去集体挣工分的除了母亲还是母亲。体重八十多斤的母亲挑担水都打晃，她实在算不上什么劳力。

没人挣工分，分得的粮草自然也最少。至今记得分粮队伍中，母亲在众人面前不愿抬起的目光和奶奶暗地里愁苦抹泪。

我好像很小就懂得，人要努力奋斗。

很快分田到户了，母亲和奶奶喜不自胜，全民振奋，好像太阳第一次照到人心上。所有人都知道，只要勤劳就能致富。

乡村日新月异。父亲由常年驻扎城市，转变为往返于城乡之间，最后回村经营，兴办面粉厂、木材厂、猪毛厂、医疗器械公司，晚年成为乡镇物资公司经理。50岁入党，他高高举着党员证回家的样子仿佛就在昨天。

父亲渴望让我们过上"风吹不到，雨打不到"的文明生活，他和母亲并肩作战，可谓不计代价，非实现梦想不可。

我们兄妹年龄相差16岁，考大学接力赛前后蔓延十多年。我们像一个严密团结、奋斗向上的战斗团体。哥哥是排头兵，他是村里的第一个大学生，跟着姐姐、我和妹妹，一门四兄妹都考上大学，至今仍是乡村佳话。

我的数学不好，第一年高考落榜。父亲送我去县中补习。一天午后，我在三楼的教室里忽然听到楼下传来父亲熟悉、敞亮的呼喊："小霞儿，小霞儿……"

父亲穿着白衬衫、黑皮鞋，戴着茶色墨镜和白色太阳帽，风度翩翩又风尘仆仆，汗津津地背着硕大的旅行包。

他从上海出差归来，途经县城特地来看我。

落榜的阴影深深笼罩着我，那时候恨不得全身裹层隐身衣，可是父亲站在大太阳下面，美滋滋、雄赳赳地呼唤我的乳名，我都不好意思出来答应，又在心里惶惑，我还是那个配得上他疼爱的孩子吗？

父亲热腾腾地坐在我逼仄的宿舍里，我感觉他背进来了一百个太阳，整个宿舍都明亮起来。

"留得青山在，不愁没柴烧。别说复读一年，就是两年三年爸爸都供得起。"

父亲从沉甸甸的旅行包里掏出奶粉、饼干、糖果。

从那天起，我在日历上写数字，那是距离高考的天数。我启动了倒计时，朝朝暮暮分秒必争，我计算的不是成败得失，而是我付出得够不够，值不值得那么好的父爱。

为了我们，父亲年复一年野蛮作战，真正是透支太多，耗尽全部。晚年他常说，这一生他打了一个大胜仗，心想事成了。谁想好时光那么短暂，我写《水印》的第二年，六十八岁的父亲因为肝癌匆匆病逝，前后八个月，就像晴天霹雳。

小时候最羡慕别人身边有爸爸，我常跑到村口去张望。六岁那年，我在堂屋带妹妹玩，后门严严实实上着锁。忽然，我火急火燎地跑去开门。当我吃力地把门拉开，居然看到了久别的父亲。

我高兴得大喊大叫："我就猜到爸爸回家啦！"

"哦，原来你有先知先觉？"

就这样，"先知先觉"这个词对我来说刻骨铭心。

父亲走后，我一度自责为什么要写《水印》，假如我没有"先知先觉"，父亲会不会就能多活几年。

没了父亲，我举步维艰，写作一度变成寻找父亲。《每天都在失去你》反复修改八年，写一遍病一遍。2012年该书出版后，我依然放不下，还想写本《因为爸爸》。

酝酿五年，最终我把个人之痛与时代之痛结合，将鲜为人知的公安英烈遗孤的成长、奉献和牺牲公之于众。

唯其如此，做点对社会有益的事，父亲才会安息、高兴。

父亲是个有强烈公益精神的人。在我们老家堂屋里，至今仍挂着一块金匾：天下为公。那是濒临倒闭的村中学在父亲助学之后，敲锣打鼓送来的。

父亲在老家始终是个特殊的存在。

20世纪80年代初，率先富起来的他第一个在庭院里打井。全村壮劳力都来帮忙，工程轰轰烈烈，非常浩大。我们小孩子全被赶出去玩，以免添乱。第一桶井水打上来，老师傅问："水是要甜还是要咸？"爸爸洪亮又幸福地喊："要甜！"一碗准备好的老红糖倒进水井，鞭炮噼噼啪啪响。

村里人来打水，要穿过我们家的前屋或后屋，每个黄昏，地上都会湿漉漉、亮晃晃地留下一路水渍。

井水比河水清甜、卫生。等大伙儿条件都好起来，父亲张罗，挨家挨户帮着打井。不到三年，家家都吃上了井水。

我们都考上大学的那年除夕，全家欢欢喜喜一起大扫除，贴对联，贴年画，将角角落落收拾得光鲜漂亮，就连摩托车、老银杏树也一一贴上了福字、喜钱。那时候用上了自来水，水井差不多闲置了。

黄昏，年夜饭飘出香气，家家放鞭炮祭祖。父亲恭恭敬敬拜完老祖宗，转身走到老井面前，上香摆贡品，认认真真三鞠躬，面色庄严，念念有词。

父亲拜井，叫我惊讶。父亲却笑了，意味深长地说："吃水不忘挖井人，我们今天的幸福生活，特别是你们兄妹四个轮番考上大学，哪样不归功于共产党。是党的政策好，让你们赶上了好时代，否则再努力也没用。"

吃罢年夜饭，父亲宣布一条家规："既然你们都上了大学，就该有个大学生的样子，每年除夕全村访贫问苦、拜望长辈，要给贫困户和八十岁以上老人压岁钱。父亲说完抱出一沓备好的红包、香烟、果品。

从小到大，看惯了家人扶危济困，我们一点也不意外。另外，我从初中起就帮贫困户写救济申请，那几乎是我早年的写作训练，一直写到我工作离开家乡。

父亲枕边总有一本很厚的书，白天再忙再辛苦，睡前总是要读上几页。得空，他喜欢舞文弄墨，写点什么。他是那么迷恋与向往书斋生活，只可惜生不逢时。

从绝境中走来的父亲，深知穷困的各种苦涩，特别乐善好施，村里吃水问题解决后，他又掏腰包帮全村买电线杆拉电线，跟着电工忙乎一个冬天，让家家户户都亮起电灯过新年。

接下来，父亲领着村民们热火朝天地办厂，他的雇员基本都是贫困户。我们每一个考取大学，父亲都会请来电影队和他的亲朋好友，村里村外好几十桌，都请回来当座上宾。

那些蒸蒸日上的幸福，一场连一场的欢庆，真叫人不敢相信。记得满头银发的奶奶开心之余，颤巍巍地拉着父亲衣袖悄声埋怨："你要不要悠着点，这国家的政策哪天会不会又变回去……"

父亲总是用他爽朗的带有嘲讽意味的笑声回答奶奶。

奶奶走后十三年，父亲也走了。老家从此成为空屋。每年我们还会回去看看。转眼二十年，父亲栽下的银杏都老了，年年果实累累。父亲种在院子里的花，无人看管，却顾自繁盛。

这中间我们才知道，父亲退休的那些年比上班还忙。他忙着铺村里的公路，忙着做企业顾问，忙着教育不良少年，忙着调解纠纷。我们的家从早到晚热闹不休，简直就是"乡派出所驻村办事处"。

父亲帮人家做工作，免费提供茶水伙食。谁开公司需要借款，谁生大病需要救助，谁犯事情需要教育，统统都找他。他白天晚上二十四小时办公，甚至在他因肝癌做手术之后，最后一次回老家，也被一对打架的兄弟半夜三更给叫起来主持公道。

我们家屋后是村里的晒场，晒场过去是条河，河上有座桥，无栏杆，且细长。桥板中间拼接处莫名其妙拱起两道，常人走上去都得十二分小心。小时候我们多次看着人从桥上落水。

我们三姐妹第一次过桥都是匍匐着爬过去的。而父亲唯一一次打我，就是因为我在桥上玩。

等我们长大进城后，桥上依然有盲人、老人和孩子落水。老年的父亲差不多成了守桥人，但凡有人落水他都组织营救，其中无家可归的，摔伤摔病的，他帮助救治，甚至领回家养伤。

2004年清明，就在父亲病房，窗外的绿树开了红的、白的花，我们四兄妹围在父亲床前。

父亲穿着蓝白病号服，斜倚着手摇竖起来的床板，那是他靠药物又一次从昏迷中清醒。他望着我们抱歉似的一笑，说：“我心中有一个遗憾。”

我们都凑上前，哥哥把父亲抱扶着坐正，父亲眼里忽然就闪出了光芒，喘口气，接着说：“老家屋后那座老桥，太旧了。老有人掉下去，我一直计划要造个带栏杆的新桥……”

父亲生于1938年秋，爷爷在街上开香店，家里用着几十号伙计，早年丰衣足食。只是风雨飘摇的旧中国烽火不断，很快香店开不成，全家转移到乡下耕种。新中国成立之初，乡村百废待兴，一场肺炎夺走了中年的爷爷的生命。十七岁的父亲望着病弱的寡母和四个哭哭啼啼的妹妹，被迫辍学成为一家之主。从此读书成为他遥不可及的梦，以至于当他有了我们，他耗尽心血让我们读书——继续他未完的梦。直到今天，我只要摸起书本，总觉我的父亲就在字里行间。

父亲一生创造了很多财富，但他最爱的不是财富，而是知识、真理、公益。他总要我们做一个尽心尽责的人，对得起国家和社会。

父亲走后三年，一座带栏杆的白色公益桥代替了老桥，在村里通行。我们领着孩子们回老家，总要去看看父亲的桥。

警服穿上身转眼快三十年，身为警营记者的我，真是有写不尽的热血奉献，写下来终觉轻浅的忠诚浩荡。我日益懂得了父亲的心愿。对身上的警服也倍加珍爱、敬畏。每个神圣庄严时刻，我情愿穿上它。因为我穿上它，就是穿上了一支光荣的人民警察队伍，就是穿上了父亲的希望和母亲的微笑。

犹记得 2007 年，酷爱写作的我有幸参加鲁迅文学院为期三个半月的培训。当走进属于我的那个天堂写作间，放下行李，我恭恭敬敬在床头贴上我和父亲的合影。

我要把父亲带到任何我可以去到的神圣之境。我想要与父亲分享我的幸运，更要父亲看守我的生命。

2022 年，《因为爸爸》被翻译到我的脚步至今还未能抵达的突尼斯。新书首发式上，突尼斯译者哈利德教授用比较流利的汉语说："全世界的爸爸，不管做什么工作，只要他是认真负责的好爸爸，他们就都是英雄。"

他的话把我带回了创作初心，谁说我那默默无闻的父亲不是天地间伟大的英雄呢？

当我身着警服一次次举起右手敬礼，我总会看到我那一笑就会满面红光、坦坦荡荡、浩然正气的父亲。